BOV BJERG

AUERHAUS

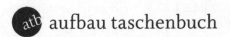
atb aufbau taschenbuch

Ende der 80er, sechs Freunde und ein Versprechen: Ihr Leben soll nicht in Ordnern mit der Aufschrift Birth – School – Work – Death abgeheftet werden. Deshalb ziehen sie gemeinsam ins Auerhaus. Eine WG auf dem Land in den 80er Jahren – unerhört. Aber sie wollen nicht nur ihr Leben retten, sondern vor allem das ihres besten Freundes Frieder. Denn der ist sich nicht so sicher, warum er überhaupt leben soll.

Bov Bjerg erzählt mitreißend und einfühlsam von Liebe, Freundschaft und sechs Idealisten, deren Einfallsreichtum nichts weniger ist als Notwehr gegen das Vorgefundene. Denn ihr Kampf um das Glück ist auch ein Kampf um Leben und Tod.

»Auerhaus könnte eine Art »Tschick II« werden.«
Gerrit Bartels, *Der Tagesspiegel*

BOV BJERG

 AUERHAUS

Roman

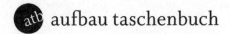 aufbau taschenbuch

MIX
Papier aus verantwor-
tungsvollen Quellen
FSC® C083411

ISBN 978-3-7466-3238-4

Aufbau Taschenbuch ist eine Marke
der Aufbau Verlag GmbH & Co. KG

1. Auflage 2017
© Aufbau Verlag GmbH & Co. KG, Berlin 2017
Die Originalausgabe erschien 2015 bei Blumenbar,
einer Marke der Aufbau Verlag GmbH & Co. KG
Umschlaggestaltung Originalcover zero-media.net, München
Grafische Adaption www.buerosued.de, München
Gesetzt bei Greiner & Reichel, Köln
Druck und Binden CPI books GmbH, Leck, Germany
Printed in Germany

www.aufbau-verlag.de

Alle Personen sind erfunden,
alle Handlungen verjährt.

Vera leuchtete runter. Auf den Stufen lag Frieder.
Ich: »Weint er?«
Vera: »Er lacht.«
Frieder lag auf dem Rücken, den Kopf treppauf. Unter der
Bommelmütze kniff er die Augen zusammen. Er kicherte:
»Ich hab's gemacht! Ich hab's gemacht!«
Ich stieg über ihn rüber, nach unten. Aus den Sohlen seiner
Stiefel bröckelte der Schnee. Unten an der Treppe lag die Axt.

Die Haustür knarrte. Schneeflocken schwebten auf meine
nackten Arme. Im ganzen Dorf war der Strom ausgefallen.
Hinter den Fenstern sah man Kerzen brennen. Ich erkannte
Frieders frische Stiefelstempel im Schnee und ging ihnen
nach.
Die Absätze wiesen die Richtung.
Die Spur führte von der Haustür zur Straße, rüber zum Sei-
del, an den Häusern entlang. Auf ein Misthaufenmäuerchen
rauf, um den zugeschneiten Hügel rum und wieder runter.
Ein Auto rollte vorbei, ganz langsam, es knirschte. Sogar das

Licht der Scheinwerfer schien im Schneegestöber langsamer zu leuchten als sonst.

Am Dorfplatz verschwanden Frieders Spuren im Neuschnee. Mitten auf dem Platz blinkten Lichter, orange und blau.

Es hörte auf zu schneien. Im selben Moment war der Strom wieder da. In den Fenstern ging das Licht an, die Straßenlaternen flackerten auf und die Parkplatzbeleuchtung vom Penny. Die Leuchtreklame an der Volksbank zuckte. Auf dem Dorfplatz standen ein Laster von der Gemeinde und ein VW Käfer von der Polizei. Daneben lag der Weihnachtsbaum.

Gerade hatte er noch über die Häuser geragt und über den Platz geleuchtet mit eintausend Glühbirnen. Jetzt lag er zwischen den geparkten Autos. Die Birnen waren dunkel.

Bogatzki fummelte an seiner Mütze. Das war der Dorfsheriff. Er setzte sie wieder auf.

Er setzte sie wieder ab.

Der Mann vom Bauhof beugte sich über den Stamm. Er hob das durchgetrennte Lichterkabel vom Boden hoch und hielt es Bogatzki vor die Nase.

Ich folgte den Spuren zurück. Zwei Paar Stiefel nebeneinander, die von Frieder und meine. Die einen kamen, die anderen gingen.

Die Straße und die Dächer leuchteten vom Schnee. Ich sprang auf das Mäuerchen und drehte eine Runde um den hellen Haufen.

Frieder hatte am Heiligen Abend den großen Weihnachts-baum auf dem Dorfplatz gefällt. Ich drehte noch eine Runde. Das war nicht der Anfang der Geschichte, und das war nicht das Ende.
Ich drehte noch eine Runde.
Aber das war das, was jeder von Frieder wissen sollte.

Die Seidels kamen von der Christmette. Es war besser, wenn sie mich nicht sahen. Ich trug bloß ein T-Shirt. Ich duckte mich hinter den Schneeberg.

2

Frieder und ich, wir gingen schon lange zusammen in eine Klasse. Ohne dass irgendwann mal groß was los gewesen wäre.

Jedenfalls, als die Sache passierte, da war ich gar nicht da. Und hatte auch nichts mitbekommen, logisch. Ich hatte wieder mal die Schnauze voll gehabt vom fiesen Freund meiner Mutter und war für ein paar Tage abgehauen.
Der Fiese Freund Meiner Mutter. Wenn ich den Kumpels von ihm erzählte, nannte ich ihn F2M2.
Frieder nannte ihn erst F2DM. Das war viel zu umständlich und nicht besonders witzig. Dann nannte er ihn F2D2, was überhaupt nicht hinhaute. Deiner Dutter, oder was?
Jetzt nannte er ihn F2M2, genau wie ich. Das war auch seltsam, es war ja nicht seine Mutter, aber irgendwie war es auch okay. Ich hatte bloß zwei kleine Schwestern, aber wenn Frieder den Freund meiner Mutter auch F2M2 nannte, war das ein bisschen so, als ob ich noch einen Bruder hätte.
Egal.

Der F2M2 war vor ein paar Jahren bei uns eingezogen, und seitdem baute er das Haus um. Er war einen Kopf kleiner als ich. Ihm waren die Zimmer zu hoch, also zog er überall eine Zwischendecke aus Holz ein. Ein Zimmer nach dem andern. Ich musste ihm dabei helfen. Was völlig hirnrissig war, weil er dauernd darauf hinwies, dass ich eh für alles zu schwächlich und zu ungeschickt sei. »Gib mir mal den Zimmermannshammer! Weißt du überhaupt, was das ist?«

Wegen dem F2M2 hatte ich mir einen eigenen Fernseher gekauft, von dem Job in der Hühnerfarm. Einen kleinen portablen mit einer Teleskopantenne. Wenn ich zuhause war, saß ich in meinem Zimmer und guckte fern. Serien, alte Filme, alles. Sogar den ganzen Heile-Familie-Kram in Schwarzweiß guckte ich mir an, der am Sonntagnachmittag kam. Außer eben, wenn ich dem F2M2 wieder mal helfen musste.

Der F2M2 war Maler von Beruf. Kein Maler, der malen konnte, Landschaften oder Leute oder so was. Sondern einer, der anmalen konnte. Wände und so. Er hatte quasi gelernt, Farbe einigermaßen gleichmäßig zu verteilen, und jetzt war er Malergeselle. Und tapezieren, das hatte er auch gelernt.

Während wir das Wohnzimmer tapezierten, merkte er, dass er sich verrechnet hatte und dass die Tapeten nicht reichen würden. Er fuhr los, um noch mehr Tapeten zu besorgen. Ich hatte meine Verabredung mit Vera abgesagt, und jetzt stand ich auf einmal doof und ohne Vera und ohne Tapeten im Wohnzimmer rum und musste warten, bis der F2M2 zurückkam.

Ich kratzte mit dem Spachtel die Reste der alten Tapete ab, dann holte ich aus dem Keller die braune Farbe für den Haussockel. Auf den blanken Putz der Wohnzimmerwand pinselte ich: ARSCHLOCH DUMM WIE 1m FELDWEG.

Dann begann ich zu tapezieren. Ich wollte nicht, dass der F2M2 mein Gepinsel auf sich bezog, wenn er nach Hause kam. Das würde bloß wieder in einem großen Geschrei enden. Der F2M2 reagierte auf Kritik ziemlich empfindlich.

Ich schnitt ein paar Tapetenbahnen zurecht und leimte sie ein. Ich schob die bunten Karos rauf und runter, bis sie an den Stoßkanten passten, und strich die Bahnen mit der Bürste glatt.

Als der F2M2 wiederkam, war die Schrift hinter der Tapete verschwunden. Eine Wand war fast fertig.

Der F2M2 sagte: »Nicht schlecht.«

Ich fürchtete, die Tapetenbahnen könnten sich wieder lösen und vom schweren Leim nach unten gezogen werden, eine nach der anderen. In Gedanken las ich schon die Schrift an der Wand. Nachdem drei Bahnen abgefallen waren: ARSCHL, WIE 1m. Nach sechs Bahnen: ARSCHLOCH DU, WIE 1m FELDW.

Aber die Tapetenbahnen lösten sich nicht.

Ich sagte: »Ist doch gut, wenn wir beizeiten fertig sind.«

Ich rasierte die Überstände mit dem Tapeziermesser ab.

Der F2M2: »Ich hab Latten besorgt und Paneele. Morgen hängen wir die Decke im Hausgang ab.«

Das war mein Stichwort. Ich packte meine Sachen und fuhr

mit dem Fahrrad zu Vera, über die Felder. Am nächsten Tag trampten wir nach Berlin.

Wir fuhren immer wieder mal für ein paar Tage weg. Zu Veras Bruder nach München oder nach Amsterdam oder an den Bodensee. Die Entschuldigungen für die Schule schrieben wir selbst. Vera hatte die Unterschrift meiner Mutter ziemlich gut drauf und ich die Unterschrift ihrer Mutter.
Ich wollte nach dem Abitur so schnell wie möglich nach Berlin. Ich war noch nie in Berlin gewesen. Ich wusste bloß, dass man nicht zur Bundeswehr musste, wenn man da wohnte. Und dass die Mauer irgendwie mittendurch ging.

Wir übernachteten bei einem Bekannten von Veras Bruder. Die Wohnung hatte bloß ein großes Zimmer, das war ganz zugestellt mit Baudielen, Schalbrettern und Absperrgittern. Der Bekannte von Veras Bruder wollte irgendwas daraus bauen, aber ich verstand nicht, was. Ein Zwischengeschoss oder eine Art Fußgängerbrücke quer durch die Wohnung oder so was. Ein großes Zimmer und eine kleine Küche. Vera schlief im Zimmer, ich in der Küche. Vera sagte, das würde vom Platz her nicht anders gehen, und ich wollte es glauben. Die U-Bahn in Berlin fuhr alle paar Minuten. Man musste gar nicht auf den Fahrplan schauen, bevor man aus dem Haus ging. Man konnte einfach zum U-Bahnhof gehen und einsteigen.
Ich sagte zu Vera: »Schwarzfahren?«

Vera sagte: »Trampen.«

Ich: »In der Stadt? Wie soll das gehen?«

Wir streckten den Daumen raus, aber niemand hielt an.

Ich sagte: »Zehn Minuten. In der Zeit wären drei U-Bahnen gefahren!«

Dann hielt ein Bus. Ein Linienbus, ein gelber Doppelstocker. Es zischte. Die Tür ging auf.

Vera sagte: »Wir haben kein Geld.«

Der Busfahrer winkte uns rein. Es zischte, die Tür ging zu. Der Fahrer schaute in den Rückspiegel, setzte den Blinker und fädelte sich wieder ein in den Verkehr.

Ich sagte: »Wir haben kein Geld.«

Der Fahrer brummte: »Kein Geld kann ich nicht wechseln. Aufrücken, oben ist auch noch Platz!«

Wir guckten uns das Univiertel an, dann gingen wir zum Essen in eine riesige Mensa. Vor der Mensa war ein Schwarzes Brett, vielleicht dreißig Meter lang und zwei Meter hoch. Vera zupfte einen Zettel vom Brett. Ein Zimmer zur Untermiete.

Vera: »Wohnung suchen üben?«

Das Zimmer war eine dunkelbraun verholzte Höhle in einer alten Backsteinvilla. Durch die Gardinen sah man einen Stoppelrasen hinter dem Haus, der war von der Sonne verbrannt. Die Vermieterin war eine alte Dame.

»Das war das Zimmer von Jürgen. Unser Großer.«

Sie glotzte Vera an, als ob sie noch nie grüne Haare gesehen hätte.

»Das Zimmer ist nur für eine Person«, sagte sie, als wir rausgingen.

»Natürlich«, sagte Vera, »kein Problem. Ich hab ja schon den Studienplatz in Moskau. Philosophie, Marxismus-Leninismus und so weiter.«

Die Alte glotzte wie ein ausgestopfter Falke, in den irgendwer zwei viel zu große Glasaugen gesetzt hatte.

Vera sagte: »Wir wollen uns auf halbem Weg treffen. Wissen Sie vielleicht, wie lang die Bahn von Berlin nach Warschau braucht?«

Der Mund der alten Dame ging auf und zu: »Die Reichsbahn? Von Ostberlin?«

Nach Hause zu trampen dauerte viel länger, als wir erwartet hatten.

Am Grenzübergang standen zwanzig oder dreißig Leute, die auch nach Süden wollten. Sie trugen Pappen vor der Brust, auf denen »München« stand oder »Freiburg« oder einfach »S« wie Stuttgart. Ein Pärchen, das andauernd kicherte, hatte ganz frech »ROM« auf sein Schild gemalt. Nach einer halben Stunde hielt ein Sattelschlepper mit einer italienischen Aufschrift, und die beiden stiegen kichernd ein.

Um Mitternacht hatten wir erst die Hälfte geschafft. Die Raststätte lag in so einem gelben Licht. Wir sahen keinen Menschen. Die Abstände zwischen den Autos auf der Autobahn wurden größer, und manchmal hörten wir für Sekunden keinen einzigen Motor.

Auf dem Parkplatz standen die Laster dicht an dicht.

Wir rollten die Schlafsäcke neben einer Hecke aus und legten uns schlafen.

Ich sagte: »Wenn ich nach Berlin ziehe, besuchst du mich dann?«

Vera sagte: »Na, was denkst du denn?«

Ich: »Willst du mal Kinder?«

Vera: »Du spinnst.«

Sogar der Himmel war gelb vom Raststättenlicht. Ich konnte nicht erkennen, ob es bewölkt war oder nicht.

Dann streichelte Vera meine Wange. Die Sonne knallte durch die Hecke. »Die werden langsam wach. Ich geh mal fragen.«

Sie schlenderte rüber zu den Lastwagen. Ihr Körper schwang beim Gehen ein bisschen hin und her, die schmalen Schultern, die Taille, der Po. Das sah wahnsinnig schön aus. Von mir aus hätte sie noch weiter gehen können als bloß bis zu den Lastwagen. Aber dann hätte ich sie nicht mehr so gut sehen können.

Egal.

Jedenfalls, sie quatschte jeden an, der aus einer Kabine rauskletterte. Die Männer sahen ihr ins Gesicht, wenn sie fragte, und während sie überlegten, ging der Blick erst langsam nach unten und dann genau so langsam wieder nach oben.

Einer nickte kurz und deutete zur Raststätte.

Vera kam wieder. Sie fluchte: »Was krieg ich dafür? Deinen Freund kann ich leider nicht mitnehmen! Ohne Gummi? – Alles Wichser. Der kommt mir okay vor, einigermaßen. Wenigstens hat er bloß geglotzt.«

Der Lastzug hatte Salz geladen. Der Fahrer war beleidigt. Er sagte: »Was kutschier ich morgen durch die Welt? Sand?«
Vera flirtete auf Teufel komm raus. Sie sagte »Salz in der Suppe« und so Zeug.
Das klappte gut. Er fuhr einen Riesenumweg, von der Autobahn runter, zwanzig Kilometer über Land, bis direkt vor die Schule. Um drei viertel acht kletterten wir aus der Fahrerkabine.
Auf dem Schulparkplatz stand Axel, ein paar Schritte neben seiner nagelneuen Karre. Die hatte er zum Führerschein von seinen Eltern bekommen. In der Raucherecke standen die Neuner. Axel führte die ferngesteuerte Zentralverriegelung vor. Niemand hatte ein Auto mit einer ferngesteuerten Zentralverriegelung. Nicht mal einer von den Lehrern. Axel streckte die Hand Richtung Auto und zauberte: Klick, offen. Klack, zu.
Der Sattelschlepper röhrte zum Abschied. Die Neuner warfen erschrocken die Köpfe rum.

In der Eingangshalle zog Vera ein Wunderbäumchen aus der Jacke. Vera klaute alles, was nicht niet- und nagelfest war. Leider immer irgendwelchen nutzlosen Scheiß. Das Wunderbäumchen stank nach Vanille. Unter ihrem T-Shirt holte sie ein Blechschild hervor: »Damen, aufgepasst! Meiner ist 18 Meter lang!«

Sie stöhnte: »Was für ein Blödmann!«, und steckte das Schild in meine Reisetasche.

Ich sagte: »Aber das stimmt doch gar nicht.«

Vera gab mir einen Kuss und sagte: »Te amo.«

Das hieß »Ich liebe dich« auf Latein. Das sagte sie immer, und dann sagte ich: »Und wie heißt das auf Mathe?«

Dann sagte Vera: »Minus mal Minus gibt Plus.«

Leistungskurse Latein und Mathe. Ich fand das eine wahnsinnig tolle Kombination.

Jedenfalls, ich hatte von der Sache überhaupt nichts mitbekommen. Doktor Turnschuh hob zur Begrüßung die Augenbrauen.

»War krank«, sagte ich. Normalerweise drehte er den Blick genervt zur Decke, wenn er mal wieder glaubte, mich beim Schwänzen ertappt zu haben, aber heute reagierte er nicht. Er guckte mich einfach an. Oder in mich rein.

Ich setzte mich an meinen Platz. Frieder war noch nicht da. Doktor Turnschuh begann mit der Stunde, aber er fragte nicht. Frieder kam nicht.

Der echte Name von Doktor Turnschuh war Faller, aber er hieß schon Turnschuh, als wir an die Schule kamen. Also schon ewig. Vorname: Doktor, Nachname: Turnschuh. Nicht

Sport, sondern Deutsch, das verwirrte immer alle, die den Namen zum ersten Mal hörten. Doktor Turnschuh, Deutsch. Turnschuh hatte eine kahle Platte auf dem Kopf und außenrum so einen schmalen haarigen Rand. Also, eher eine Haarsichel oder einen Haarbogen, weil, vorn über der Stirn, da wuchs gar nichts mehr. Wahrscheinlich fühlte er sich zu jung für eine Glatze, dabei war er mindestens schon dreißig. Er ließ die Haare auf der rechten Seite bis zur Schulter runter wachsen, fettete sie ein und legte sie quer über die Platte. Wir wussten nicht, ob es ihm niemand sagte oder ob es ihm egal war. Jedenfalls, die Haare bedeckten die Glatze nie ganz. Die Strähnen schlossen sich immer zu drei etwa bandnudelbreiten Streifen zusammen.

Turnschuh schob die Tafel hoch und schrieb über dem Kopf mit kurzen, heftigen Hieben, so dass der Kreidestaub runterrieselte auf die Haarstreifen: STURM UND DRANG.
Sturm und Drang, Klassik, Romantik, ich konnte mir die Reihenfolge nie merken. Ich verstand nicht, wie das funktionierte mit diesen Epochen. Hatte sich Goethe irgendwann mal vorgenommen, so, genug Klassik geschrieben, das wird mir langweilig, jetzt schreibe ich Sturm und Drang? Außerdem war der Epochen-Name völlig bescheuert. »Sturm und Drang«, das klang wie so eine christliche Teenie-Band.
Jedenfalls: Goethe, Werther.
Turnschuh war knallhart. Ob eine unglückliche Liebe denn tatsächlich ein hinreichender Grund sei, sich das Leben zu

nehmen. »Andere Mütter haben auch schöne Töchter, nicht wahr?«

Die anderen sagten nichts. Das Merkwürdige war: Ich konnte sehen, dass es ihnen nicht egal war, was Turnschuh da redete. Ich konnte sehen, dass sie wirklich nachdachten.

Irgendwas war hier faul.

Ob es denn für Selbstmord sonst irgendeinen guten Grund geben könne, fragte Turnschuh. Sein Blick pendelte durch die Sitzreihen. Bei mir blieb er hängen. Ich schaute so konzentriert wie möglich zur Tafel.

»Herr Höppner?«

Woher sollte ich das wissen? Manche Leute brachten sich um. Blöde Sache. Aber warum? Das wusste kein Mensch. Man konnte sie ja nicht mehr fragen. Jedenfalls die, bei denen es geklappt hatte. Die, bei denen es nicht geklappt hatte, die konnte man noch fragen. Aber zählte das, was die sagten? Vielleicht gab es für einen Selbstmordversuch, der schiefging, ganz andere Gründe als für einen Selbstmordversuch, der gelang?

Ich fand das ganze Buch langweilig. Ein Brief nach dem anderen, immer vom gleichen Typen. Erst verknallte er sich in eine Frau, obwohl er genau wusste, dass die schon einen anderen hatte. Und dann jammerte er die ganze Zeit rum, dass sie schon einen anderen hatte. Es war echt erstaunlich, wie kindisch die Erwachsenen zu Goethes Zeiten waren.

Turnschuh sagte noch mal: »Herr Höppner?«

Ich sagte: »Das ist ja Literatur, also ausgedacht. Den Selbstmord am Schluss hätte Goethe auch weglassen können. Den hat er vielleicht bloß hingeschrieben, damit das Ende gut knallt.«

Turnschuh neigte den Kopf zur Seite und sagte: »Interessant.«

Für den spöttischen Ton, in dem er das sagte, hätte er in der Hauptschule eins aufs Maul bekommen. Aber hier waren wir auf dem Gymnasium.

Die Haarstreifen bewegten sich. Erst war es kaum zu sehen, dann rutschten sie von der Glatze, dann hingen sie übers Ohr wie ein sinnloser Fadenvorhang.

Turnschuh fragte: »Frau Schreiner?«

Cäcilia begann zu flüstern. Normalerweise hätten jetzt welche getuschelt und gekichert. Aber heute machte sich niemand darüber lustig, dass sie immer so leise sprach. Normalerweise hätte Turnschuh längst mit einem zackigen Kopfruck die drei Streifen wieder auf die Platte zurückgeschleudert. Jetzt hingen sie einfach runter.

Turnschuh sagte: »Etwas lauter, bitte.«

Cäcilia sprach schneller.

Turnschuh sagte ganz sanft, als ob er sie beruhigen wollte: »Frau Schreiner.«

Dann wurde Cäcilia doch noch laut. Dass sie das einfach nicht verstehen würde. Sie weinte. Ich dachte, dass das doch ein bisschen übertrieben war, wegen so einem Adligen von vor zweihundert Jahren das Heulen anzufangen.

Cäcilia rief: »Das mit Frieder! Das tut mir so leid! Warum hat er das gemacht?«

*

Die Preispistole hüpfte klackernd von Dose zu Dose. Dritte Reihe, vierte Reihe, nächster Karton. Meine Mutter kniete auf den Fliesen und preiste Konserven aus. Sie sah hoch.

»Na, wieder da?«

»Ich war schon in der Schule.«

Sie zog sich am Holm des Regals hoch.

Meine Mutter fragte: »Und?«

»Was weiß denn ich! Ich fahr gleich ins Krankenhaus.«

Sie ging zwischen den Regalen durch, zog leere Kartons raus und faltete sie im Gehen zusammen. Ich trottete hinterher.

Meine Mutter sagte: »Er ist nicht mehr im Krankenhaus, hat Frau Wittlinger gesagt.«

Das war Frieders Mutter.

Ich fragte: »Wo denn sonst? Die können ihn doch nicht einfach wieder nach Hause schicken!«

Auf einmal dämmerte mir, dass Frieder wahrscheinlich im Irrenhaus war, im Schwarzen Holz. Ich dachte: »Wenn du so weitermachst, kommst du ins Schwarze Holz!« Die Drohung kannte jeder.

Meine Mutter nahm eine Packung Butterkekse, holte ein Netz Mandarinen, ging damit zur Kasse und bezahlte.

»Da hast du was zum Mitbringen.«

Die Klapse lag am Rand der Stadt. Nervenklinik. Irrenhaus. Psychiatrie. Ein alter Bau mit Verzierungen aus Gips außen dran, wie ein kleines Schloss. Als die Klapse gebaut wurde, war noch Wald ringsrum.

Ich war noch nie im Irrenhaus gewesen. Auch nicht als Besucher.

Den Wald gab es schon lange nicht mehr. Von ihm war bloß der Spitzname der Klapse geblieben. Inzwischen lag die Klapse zwischen dem Schlachthof und dem Krematorium, gleich an der Bahnstrecke. Was bescheuert war, weil hier ziemlich viele Züge fuhren. Man hätte den Depressiven, wenn sie Ausgang hatten, genauso gut eine geladene Pistole in die Hand drücken können. Jede Woche hieß es, da sei wieder einer von den Verrückten vor den Zug gesprungen, aber in der Zeitung stand nie was davon. Als Kinder waren wir manchmal mit dem Fahrrad über die Felder bis an den Rand der Stadt gefahren, zu den Schienen. Wir suchten nach Blutlachen, abgetrennten Beinen oder kleineren Körperteilen, aber die vielen Züge machten eine gründliche Suche gefährlich.

Ich fuhr auf dem Gehweg an der hohen Backsteinmauer entlang. Das große Eisentor stand offen. Ich schob das Fahrrad auf das Gelände. Auf den Bänken im Park saßen Leute in Trainingsanzügen und rauchten. Das waren wahrscheinlich die Verrückten. Warum rannten sie nicht einfach davon?

Die Glastür zur geschlossenen Abteilung war geschlossen. Logisch. Der Klingelschalter war so groß wie meine Hand. Ich patschte einmal drauf. Nichts passierte. Ich drückte extra deutlich mit dem Daumen. Es summte.
Eine Krankenschwester brachte mich in den Aufenthaltsraum. Ein Fernseher lief ohne Ton, ein Herr im dunkelblauen Anzug, Weste, weißes Hemd und alles, starrte mit offenem Mund auf den Bildschirm. Da lief irgendein Schwarzweißfilm, Dick und Doof oder so was.

Drei Männer spielten Karten. Eine Frau hoppelte von einer Ecke des Raumes zur anderen, mit einer Blechdose in der Hand. Sie beugte sich über einen Aschenbecherständer und hoppelte wieder zurück in die andere Ecke.
Die Schwester fragte: »Zum ersten Mal in der Psychiatrie?«
Wie sollte so eine kleine Krankenschwester einen Verrückten bändigen, wenn es mal darauf ankam?
»Ja, zum ersten Mal. Also, zu Besuch. Also, zum ersten Mal überhaupt.«
»Hier tut dir niemand was«, sagte die Schwester. »Die Patienten hier sind auch nicht verrückter als wir.«
Sie wies zu einem braunen Kunstleder-Sofa. Ich solle mich setzen, hieß das.

Sie sagte: »Aber wir haben den Schlüssel.«
Sie lächelte.

Ich versuchte, in dem tiefen Sofa möglichst lässig zu sitzen.
Ich lehnte mich zurück. Es war irre warm im Irrenhaus. Ich
schob die Ärmel hoch. Wenn man genau hinsah, konnte man
im Sofapolster kleine Brandlöcher erkennen. Mein Unterarm
klebte auf der Armlehne. Ich hob ihn etwas an, bis die Haut
sich vom Kunstleder löste. Das ziepte. Ich hielt den Arm in
der Schwebe.
Einer von den Kartenspielern nahm einen langen Zug, dann
drückte er die Zigarette aus. Sofort hoppelte die Frau hin und
klaubte die Kippe aus der Asche. Sie pulte den Tabak aus dem
Papier in ihre Dose.

Dann stand Frieder am anderen Ende des Raumes, am Gang
zu den Zimmern. Im Schlafanzug. Er kam langsam auf mich
zu, ganz steif, die Arme hingen schwer an den Seiten runter,
die Hausschuhe schleiften über den Boden. Sie haben ihm
einen Stock in den Arsch geschoben, dachte ich. Einen Stock
bis hoch ins Hirn.
Das war der Bär, das war übrig von dem Bären, mit dem jeder
gern aufs Schützenfest ging und zur Maifeier, weil sein An-
blick jeden, der Ärger suchte, sofort beruhigte.
Er setzte sich. Das sah so ungelenk aus, als wären »er« und
»sich« zwei verschiedene Personen.
Wer setzte sich?

Er setzte sich.

Wen setzte er?

Sich setzte er.

Ich legte den Unterarm auf der Lehne ab.

»Hallo«, sagte ich. »Wie geht's?«

Frieder guckte geradeaus und sagte langsam: »Super. Sieht man das nicht?«

Ich wusste nicht, was ich sagen sollte. In den amerikanischen Filmen sagten die Leute immer, wenn die Gesprächspausen peinlich wurden: »Willst du was trinken?« Dann ging einer an die Hausbar, warf Eiswürfel in Gläser und kippte Whiskey hinterher.

Auf dem Fensterbrett stand eine Plastikkanne mit einer hellroten Brühe. Vermutlich Früchtetee.

Ich sagte: »Willst du was trinken?«

Ich goss einen Becher voll und guckte raus.

Ich sagte: »Eiswürfel gibt's hier nicht, oder?«

Das Fenster war außen vergittert mit dicken weißlackierten Stäben.

Ich traute mich nicht, Frieder nach dem Grund zu fragen.

Wir hatten ihn immer damit aufgezogen, dass seine Eltern Bauern waren. Wenn er vor der Schule zuhause geholfen hatte, roch er nach Kuhstall. Außer den Lehrern nannte ihn niemand beim Namen. Alle nannten ihn bloß »der Bauer«.

War das ein Grund, sich umzubringen? Frieder hörte auf den Namen, und wenn er mich mal zuhause anrief, sagte er sogar selbst: »Hallo, hier ist der Bauer.«

Welcher Grund, sich umzubringen, war »hinreichend«, hatte Doktor Turnschuh heute Morgen gefragt.

Die große Schwester von Lothar war bei Nacht in den Wald gegangen vor ein paar Jahren und hatte sich aufgehängt. Aber die war schwanger, hieß es hinterher. Ziemlich paradoxer Grund, sich umzubringen. Sie hatte ein paar Kerzen mitgenommen. Als man sie fand, sollen die Kerzen noch gebrannt haben. Sie wurde nicht mal achtzehn. Nicht achtzehn zu werden, war scheiße. Wenn man nicht achtzehn wurde, war alles umsonst.

Jedenfalls, schwanger war Frieder nicht.

Auf einmal wurde mir klar, dass ich Frieder nie wieder »der Bauer« nennen würde. Niemand würde ihn je wieder »der Bauer« nennen.

»Jetzt sag schon«, sagte Frieder.

»Was?«

Frieder imitierte mein Lispeln: »Waßß machßßt du denn für eine Scheißße?«

Ich lispelte extra stark: »Waßß machßßt du denn für eine Scheißße?«

Frieder sagte: »Ich weiß auch nicht.«

Einer von den Kartenspielern schrie die Hoppelfrau an: »Lass mich in Ruhe! Fotze!« Er knallte die Hand auf den Tisch. Die Hoppelfrau hoppelte in die Ecke und hockte sich auf den Boden, das Gesicht zur Wand.

»Du hast gut reden«, sagte Frieder.

»Ich hab doch gar nichts gesagt.«

»Du hast wenigstens eine Freundin. Ich wäre fast gestorben, ohne dass ich jemals mit einer Frau geschlafen hätte.«

Frieder und ich, wir kannten uns seit der Fünften. Seit der Neunten oder so waren wir sogar irgendwie befreundet. Wir fuhren im Sommer zusammen mit dem Fahrrad zum Baggersee. Oder abends ins Kino, das zwanzig Kilometer entfernt war, und in der Nacht wieder zurück. Vor den Klausuren trafen wir uns zum Lernen, solche Sachen. Frieder konnte das blödeste Physikzeug so erklären, dass sogar ich es verstand. Aber über Sex und so was hatten wir noch nie gesprochen. Noch nicht mal über Nicht-Sex. Ich biss mir auf die Zunge, weil, das Einzige, was ich jetzt ehrlich hätte sagen können, wäre zu peinlich gewesen. Viel peinlicher, als noch nie eine Freundin gehabt zu haben.

Frieder hatte Schlaftabletten geschluckt. Seine Mutter nahm jeden Abend eine, manchmal auch zwei. Frieder hatte welche abgezweigt. Seine Mutter änderte ständig die Dosis und hatte null Überblick, wie viele Tabletten noch in der Packung sein mussten.

Als Frieder genug Tabletten zusammenhatte, trank er eine Zweiliterflasche Wein. Imiglykos. Gleich nach der Schule. Dann ging er in den Keller, spülte mit den letzten Schlucken die Tabletten runter und wachte mit einem Schlauch im Hals wieder auf.

Sein Vater, der um diese Zeit sonst nie im Haus war, sondern im Stall oder bei der Arbeit auf der Post, hatte eine Fuhre Holz bekommen und musste Brennholz machen. Er suchte die Axt, aber er fand sie nirgends. Schließlich suchte er im Keller. Da war zwar keine Axt, aber Frieder.

»Die Axt hat dir das Leben gerettet«, sagte ich.
»Eine Axt, die gar nicht da war. Scheißaxt«, sagte Frieder.

*

Frieder war ein Bauer, und irgendwie war ich auch ein Bauer. Ein Hühnerbauer. Oder Hühnerknecht. Höppner Hühnerknecht. Das wäre ein guter Name für eine Punkband gewesen. Jedenfalls, abends jobbte ich in der Hühnerfarm, zwei Mal in der Woche. Die Hühnerfarm, das waren riesige Baracken zwischen den Dörfern. Die Kacke der Hühner landete auf den Feldern um die Baracken herum, und der Wind blies den Geruch mal ins eine, mal ins andere Dorf.

Ich hatte den Job von einem Typen übernommen, der zur Bundeswehr musste. Immer, wenn ich mit dem Fahrrad zu den Baracken fuhr, musste ich an diesen Typen denken und daran, dass meine Ladung zur Musterung jeden Tag im Briefkasten liegen konnte. Ich wusste nicht so richtig, was ich dann machen sollte.
Die meisten aus der Klasse waren schon gemustert. Manche schrieben schon an der Begründung, warum sie verweigern wollten und lieber Zivildienst machen. Es gab sogar welche, die planten schon für die Zeit nach der Bundeswehr. Sie woll-

ten den ganzen Bundeswehr-Urlaub erst am Ende nehmen und in einem Stück, damit sie rechtzeitig zum Semesteranfang fertig waren, solche Sachen.

Ein paar Spezial-Schwachmaten wollten sich auf zwei Jahre verpflichten, zum Beispiel Zentralverriegelungsaxel. Frieder sagte: »Der wird sich wundern, dass sein Panzer keine Zentralverriegelung hat, sondern nur eine Luke. Klappe zu, Affe tot.«

Wahrscheinlich war es das Beste, wenn ich die Ladung zur Musterung erst mal einfach ignorierte. Rumzuballern und durch den Dreck zu kriechen und dauernd nach der Pfeife von irgendwelchen Spezial-Schwachmaten zu tanzen, das war nicht mein Fall. Und am Feierabend mit Typen zu saufen, deren Fall das war, das war erst recht nicht mein Fall.

Ignorieren, Zeit schinden und, sobald es ging, nach Berlin abhauen, das war wahrscheinlich das Beste.

Hühnerfarm, Halle 9. Ich stieg in die Stiefel. Manche trugen Arbeitshandschuhe, aber mit Arbeitshandschuhen konnte man die Hühner nicht richtig greifen.

Eine Reihe Plastikboxen teilte die Halle, dahinter waren die Hühner zusammengetrieben.

Das erste Huhn bekam man noch ziemlich leicht zu fassen. Man griff es mit der einen Hand an den Beinen und klemmte sich die Beine zwischen zwei Finger der anderen Hand. Mit jedem Huhn wurde es schwieriger. Die Viecher zappelten wie blöd, als ob sie ahnten, was ihnen bevorstand. Wenn die Hand voll war mit vier Hühnern, hörte das Gezappel auf, weil sie eng an eng hingen und sich nicht mehr bewegen konnten. An die andere Hand auch noch Hühner zu kriegen, das war wieder schwierig, weil die eine Hand ja schon voll war und nicht mehr mithelfen konnte.

Egal.

Die Boxen hatten oben zwei Deckel, die man hochklappen konnte. Ich stopfte die Hühner rein und drückte die Deckel zu. Bis Mitternacht musste die Halle leer sein. Man musste sich gut konzentrieren. Wenn sich in der Schlachterei rausstellte, dass beim Stopfen zu viele Flügel gebrochen waren, gab's Ärger.

Die einen stopften die Kisten voll, die anderen trugen sie raus zum Laster und warfen sie hoch auf die Ladefläche, einer fing die Kisten und stapelte sie.

Stopfer, Träger, Stapler.

Der Schichtleiter war Anfang zwanzig, er war gerade von der Bundeswehr zurück. Er hatte schon vorher in der Hühnerfarm gejobbt, und als er mit der Bundeswehr fertig war, wurde er Schichtleiter.

Der Laster rangierte, weil die vordere Ladefläche voll war. Der Hänger musste in Position. Wir hatten ein paar Minuten Pause.

Der Schichtleiter rauchte, er bot mir eine Zigarette an, ich sagte Danke und rauchte auch.

Ich fragte: »Wie ist es bei der Bundeswehr?«

Er sagte: »Scheiße. Totale Scheiße. Nur Idioten.«

Er sah dem Laster zu, der fuhr zentimeterweise vor und zurück. Wenn die Viecher erst mal auf der Ladefläche waren, machten sie keinen großen Lärm mehr. Dann gackerten sie bloß noch ganz leise, und man konnte kein einzelnes Huhn mehr raushören.

Dann lag über allem bloß noch so ein gedämpftes Gackerrauschen.

Der Schichtleiter sagte: »Und du? Bundeswehr oder Zivildienst?«

»Weiß noch nicht genau. Ich bin noch gar nicht gemustert.«

»Musterung? Scheiße. Totale Scheiße. Du pisst in einen Becher, du ziehst dich nackig aus, Kniebeugen, irgend so ein alter Sack befummelt dich und lästert, weil du nicht so Muskeln hast wie Mr. Universum, und wenn er glaubt, du könntest schwul sein, guckt er dir in den Arsch, ob der ausgeleiert ist oder so.«

Er warf die Kippe weg und sagte: »Totale Scheiße.«

Ich ging wieder in die Halle, trug eine Kiste raus und warf sie auf den Hänger. Irgendwas flog mir entgegen, ins Gesicht. Ich dachte erst, es wäre ein Klumpen Dreck, der an der Kiste geklebt hatte, aber als ich auf den Boden sah, lag da ein Hühnerfuß. Das Huhn hatte ihn zum Plastikgitter rausgesteckt, und beim Stapeln der Box war er abgeschnitten worden.

Der Schichtleiter sagte: »Halb so wild, liegt ja da. Wir hatten mal ein Hühnerbein, das ist einfach davongehüpft aufs Feld. Ist dann gestolpert, über einen Maulwurfshügel. Hat ganz wild gezappelt. Hat's aber nicht gebacken gekriegt, noch mal aufzustehen.«

*

Frieder durfte die Geschlossene nicht verlassen. Ich besuchte ihn alle zwei Tage. Wir machten Hausaufgaben, und ich erzählte ihm, was in der Schule passierte.

»Hoffmann ist ausgerastet.«

»Wieder mal.«

Hoffmann war erst ein Jahr vorher an die Schule gekommen. Unsere Schule war das jüngste Gymnasium in der Kreisstadt. Das Gymnasium für die Dörfer. Die anderen Gymnasien hießen Schiller-Gymnasium und Albert-Einstein-Gymnasium. Unseres hieß Gymnasium Am Stadtrand. Die anderen hießen danach, was die Schüler mal werden sollten. Wir hießen danach, wo wir herkamen.

Wenn sich an einem der guten Gymnasien ein Lehrer an einem Schüler vergriff, ihm eine scheuerte oder so, dann wurde er zur Bewährung an unsere Schule versetzt. Wenn er hier genauso weitermachte, kam er in ein Kaff weit ab vom Schuss, irgendwo hinten auf der Alb, wo die Eltern noch nichts davon gehört hatten, dass man Schüler nicht verdreschen durfte. Da war dann Endstation.

Jedenfalls, Hoffmann hatte auf dem Schiller-Gymnasium in einem Wutanfall einen Stuhl zerlegt. Schön blöd. Noch blöder, dass auf dem Stuhl noch ein Schüler saß.

Und jetzt war Hoffmann bei uns. Wir hatten schon einige Drecksäcke kommen und wieder gehen sehen. Wir waren keine besonders guten Bewährungshelfer.

Ich sagte: »Fünf-Kilometer-Lauf, Paul packt's nicht. Hoffmann staucht ihn zusammen. Paul fängt an zu heulen und bleibt liegen, auf der Innenbahn. Der hat nicht mehr aufgehört zu heulen. Der ist ganz steif geworden.«

Frieder: »Ich hab mal ein Rudel Wölfe gesehen, in so einem Wildgehege. Gleich hinterm Zaun lag der Omegawolf. Der hatte die Ohren so angelegt, ganz flach am Kopf. Das Fell war ganz zerbissen und voll Schorf. Das war interessant. Wenn man nicht im Gehege drin ist, dann ist das interessant.«

Gespräche, Medikamentenausgabe, BT, mit solchem Zeug vergingen Frieders Tage. BT, das hieß: Beschäftigungstherapie. Einmal zeigte er auf eine Plastikscheibe, die am Fenster hing. Aus so einem Granulat geschmolzen. Ich kannte das, wir hatten das in der Katholikenjugend gemacht, mit zwölf oder so. Man streute ein buntes Muster in eine Blechform, die kam in einen Backofen, dann schmolzen die Steinchen, und die Farben flossen ineinander. Diese Scheibe war ganz schwarz.

Ich: »Zu lange im Ofen gelassen?«

Frieder: »Damit's hier nicht zu fröhlich wird.«

Frieder war schon ein paar Wochen in der Klapse, als er eines Tages auf der braunen Couch saß und sich mit einem Mädchen unterhielt.

Ich hatte sie vorher noch nie gesehen. Frieders Körperhaltung war anders als sonst. Sonst hockte er immer so schlaff da, jetzt saß er aufrecht und straff. Und der Hammer war: Er lächelte.

Das Mädchen war ganz schön schön. Sie war quasi das schönste Mädchen, das ich je gesehen hatte. Nach Vera. Sie hatte lange dunkelbraune Haare, ganz glatt gekämmt, unglaublich fettig.

Ich sagte: »Wäschst du die Haare nie?«

Sie sagte: »Ich öl sie einmal in der Woche.«

Sie war auf der Geschlossenen wegen Brandstiftung. Sie hatte im Jugendheim was angezündet.

»Nur 'ne Fußmatte. Total lächerlich.«

Sie hieß Pauline, wie die Brandstifterin im Struwwelpeter. Paulinchen war allein zu Haus, die Eltern waren beide aus.

Pauline quietschte: »Der Bär da macht lieber sich selbst kaputt als was anderes! Zu jedem sanft, bloß nicht zu sich selbst!« Das klang ziemlich schrill und tat in den Ohren weh, aber weil sie absichtlich so schief schrie, war es auch irgendwie lustig.

Frieder lächelte weiter.

Es war schon Herbst, als Frieder die Station zum ersten Mal verlassen durfte. Aber in Begleitung, und bloß in den Park.

Mir war mulmig, weil, die Begleitung war ich. Anscheinend war Frieder geheilt, oder wie man das nennen sollte, sonst hätte man ihm den Ausgang bestimmt nicht erlaubt. Und er nahm die Medikamente.

Aber wenn ich ehrlich war, wusste ich nicht, was er wirklich vorhatte. Sollte ich ihn einfangen, wenn er abhaute?

Von Pauline verabschiedete er sich wahnsinnig lang und umständlich und nicht gerade so, als ob er in ein oder zwei Stunden wieder zurück wäre.

»Bring ihn bloß heil zurück«, sagte Pauline.

Der Pförtner sagte: »Wiederkommen.«

Ich war jetzt oft hier gewesen, in der Klapse, aber den Park kannte ich kaum. Ich war immer schnell durchgegangen auf dem Weg zur Station und zurück. Ich war ein Besucher, das war wichtig. Kein Patient, kein Insasse. Ich konnte reingehen und rausgehen, wie ich wollte, und wenn ich dabei durch den Park musste, durfte das nicht länger dauern als unbedingt nötig.

Mit Frieder war ich jetzt das erste Mal im Park, um im Park zu sein. Es gab null Unterschied zwischen den Patienten und mir.

Ich stellte mir vor, die Geschlossene und dieser neblige Park, das wäre jetzt meine Welt. Ich war mit einem Strick auf einen Baum geklettert, aber der Förster hatte mich dabei gesehen und auf mich eingeredet, wieder herunterzukommen, und jetzt war ich in der Klapse. Ich wusste nicht, für wie lange.

Ich zog die Schultern hoch. Unter mir glitten zwei Schuhe über den Asphalt. Das waren meine Schuhe. Ich sah den Park links und rechts nicht mehr.

Zentralverriegelungsaxel hatte einen Videorecorder, bei dem konnte man den Film anhalten, wenn er zu langweilig war oder zu spannend, oder wenn man aufs Klo musste. Mein Leben war angehalten. Ich war in der Klapse. Die Geschlossene war quasi meine Pinkelpause, und an die Abspieltaste kam ich nicht mehr ran.

Ich würde mir das Leben nehmen. Schon bald. Es gab gar keine andere Möglichkeit. Es war ganz zwangsläufig. Ich war in der Klapse, weil ich versucht hatte, mir das Leben zu nehmen. Und weil ich in der Klapse war, musste ich versuchen, mir das Leben zu nehmen.

Ich hatte mich zum Tode verurteilt. Weil ich auf der Welt war. Das war ein Verbrechen, klar.

Nicht durch Erschießen. Was Langsames. Durch den Strang. Ich dachte, bestimmt war mein Urteil ein Irrtum.

»Herr Höppner?«

Ein Mann im weißen Kittel. Er zeigte zum Galgen. Ich lachte. Guter Witz. Der Mann im weißen Kittel lachte nicht mit.

Ein Sarg stand neben dem Galgen. Wo waren die Sargträger?

»Geht nicht«, sagte ich zu dem Arzt. »Keine Sargträger.«

Der Arzt sagte: »Ich gebe Ihnen eine Spritze. Ein Beruhigungsmittel.«

»Was ist?« Das war Frieder.

Ich musste gar nicht sterben.

Der F2M2, das Abi, Vera, Frieder, alle Sorgen waren auf einmal ganz winzig.

Ich konnte weiterleben.

Ich sagte: »Nur so.«

Ich fragte mich, ob es im Herbst besonders viele Selbstmorde gab. Es war kalt, und es regnete die ganze Zeit. Die Tage wurden immer kürzer. Die Pflanzen verwelkten. Wenn man eh schon traurig war, musste einen so was doch erst recht fertigmachen. Einerseits. Andererseits konnte man, wenn es abkühlte, auch einfach selbst in so eine Art Winterstarre fallen, ohne dass man sich blöd vorkam dabei. Der Herbst sagte: Sei ruhig traurig, schon okay. Der Frühling sagte: Ach guck an, bist du wieder traurig, du blöder Hund, du Versager, hm?

Auf dem Rasen klebte das Laub. Rote und gelbe Blätter. Die Ahornblätter waren kleine dicke Flammen. Die von der Buche, die runderen, glühten nach innen. Zwischen den Blättern führten die gefegten Wege durch den Park. Alle Wege liefen direkt auf die Eingangstreppe zu, wie frisch gespannte Speichen zur Nabe.

Ich klaubte Kastanien vom Rasen und steckte sie in die Tasche. Der Springbrunnen war schon für den Winter vorbereitet und mit Brettern vernagelt.

Wir gingen langsam, weil Frieder schnell außer Atem kam.

Er war ganz schön fett geworden vom Bewegungsmangel und von den Medikamenten.

Frieder stierte auf den Weg. Ich beobachtete die Verrückten, die auf den Parkbänken saßen und rauchten. Sie trugen jetzt Schals und Mützen, aber sonst hatten sie sich nicht verändert. Sie veränderten sich nie. Normale Kranke schoben im Krankenhauspark ein Gestell vor sich her, an dem eine Plastikflasche hing oder ein rot schimmernder Beutel mit einem Schlauch zum Hals. Und eines Tages war das Gestell weg, und der Kranke konnte ohne Schlauch rumlaufen, weil es ihm jetzt besser ging.

Es gab auch normale Kranke, die sahen erst ganz gesund aus, aber dann fielen ihnen die Haare aus. Dann wuchsen die Haare wieder, aber dann kam der Krebs zurück, kroch in die Adern und mergelte sie aus.

Bei den verrückten Kranken war alles anders. Die verrückten Kranken waren auf einmal da, saßen im Park oder auf der Station und rauchten und glotzten vor sich hin, und auf einmal waren sie wieder weg. Ohne dass man wusste, ob sie nun gesund waren oder tot.

Wir standen vor dem Ausgang des Parks.

Frieder sagte: »Ich will in die Stadt.«

Ich bekam Panik. Die Panik explodierte in der Mitte meines Körpers und schoss mir durch die Adern bis in die Finger und in die Zehen und in die Ohren. Ich stand ganz still und bewegte mich nicht und war trotzdem völlig aus der Puste.

Ich sagte: »Wenn die das rauskriegen, streichen sie dir den Ausgang gleich wieder.«

Frieder war schon zum Tor raus. Er stapfte auf dem Schotterkalk in Richtung Schienen. Die Steine rutschten unter seinen Füßen weg.

»Bleib stehen!«, rief ich. »Wir bleiben erst mal im Park! Die lassen dich bestimmt bald in die Stadt!«

Ich konnte schon die Oberleitung hinter den Sträuchern sehen. In den Sträuchern hingen dunkelrote Punkte. Verdorrte Hagebutten.

Ich hörte einen Zug, der näher kam. Frieder ging schneller. Er lief zur alten Fußgängerbrücke. Wenn er jetzt vor den Zug sprang, war ich daran schuld.

Die Brücke führte über die Schienen und über den kleinen Fluss. Auf der anderen Seite lag die Innenstadt, also die Fußgängerzone. Frieder stellte den Fuß auf die unterste Stufe. Dann blieb er auf einmal stehen. Er umklammerte den Handlauf. Er schnaufte.

Er drehte sich um und sagte leise: »Ich möchte mal was anderes sehen als Psychos und Depris.«

Die Eisentreppe war braun vom Rost. Frieders Gesicht glänzte vom Schweiß.

Er hockte sich auf die Stufen. Hinter ihm ratterte ein Güterzug mit Autos darauf. Nagelneue Daimler auf zwei Etagen.

Er sagte: »Ich glaube, das wird mir zu viel.«

Ich dachte: Weißt du überhaupt, was du mir für einen Schreck eingejagt hast, du Arschloch? Aber ich traute mich nicht, ihn zu beschimpfen.

Ich sagte: »Wir sind beinah drüben.«

Ich nahm Frieder bei der Hand, und so gingen wir langsam die Eisentreppe hoch, über die Schienen, über den Fluss, und auf der anderen Seite wieder runter.

Die Fußgängerzone war schon bei schönem Wetter trist, im Sommer. Aber im Herbst war es da kaum auszuhalten.

Im Sommer hockten die Leute unter riesigen Sonnenschirmen mit knallbunter Reklame und stocherten im Pfirsich Melba, um sich rum pralle Plastiktüten vom Kaufhof und von C&A.

Im Herbst waren die hässlichen Sonnenschirme weggeräumt. Dann konnte man die hässlichen Nachkriegsbauten und die hässlichen Schaufenster mit den hässlichen Sachen drin besser sehen. Eigentlich der ideale Ort für Leute mit Depressionen. Hier waren sie mit ihrer Umwelt im Einklang. Hier merkten sie nicht, dass sie sich nicht mehr freuen konnten über die schönen Sachen im Leben. Hier gab es gar keine schönen Sachen.

Ich sagte: »Hier haben wir uns das erste Mal geküsst, Vera und ich. Da gab es die Sitzbänke noch.«

Das war noch gar nicht lange her. Ich war gerade von der Klassenfahrt zurückgekommen, wir hatten uns gleich in der Stadt verabredet. Ich saß auf der Bank, da hörte ich, wie sie meinen Namen rief. Sie rannte auf mich zu, ich stand auf, sie sprang mir in die Arme, wir drehten uns. Ihre Beine umklammerten mich, sie küsste mich ganz schnell hintereinander auf den Mund, die Wangen, den Hals, den Mund, die Stirn. Sie stieß mich um, ich lag auf der Bank. Sie küsste mich wieder auf den Mund.

Sie saß auf mir und lachte laut. Die Leute unter den Sonnenschirmen guckten uns mürrisch zu.

Ein paar Wochen später wurden die Sitzbänke ersetzt durch Sitzschalen, damit die Penner nicht mehr darauf liegen konnten. Die Penner und die Pärchen.

Jetzt gab es bloß noch die Betonstufen. Die gehörten zu so einer kleinen Betonpyramide, die mitten in die Fußgängerzone gebaut worden war, als Kunst. Oder einfach, damit sich die Leute ausruhen konnten vom Einkaufen. Die Stufen waren breit genug, um sich hinzulegen und auszustrecken, und wenn die Sonne darauf schien, wurden sie schön warm, und man döste langsam ein.

Frieder und ich, wir setzten uns auf die Stufen, neben die Penner.

Frieder guckte runter auf den feuchten Betonboden.

Er sagte: »Die Pflastersteine sehen aus wie Knochen.«

Er sagte das mit einer so tiefen, schwachen Stimme, dass ich Angst bekam.

Frieder, noch tiefer: »Lauter Knochen.«

Frieder fing an zu grinsen, dann glukste er und japste: »Guck doch nicht so!«

Er warf den Kopf zurück und wieherte laut. Wenn man ihn

das erste Mal lachen sah, dachte man, Frieder wäre ein Spasti oder so was, aber irgendwann gewöhnte man sich daran.

Es war das erste Mal seit Monaten, dass er lachte.

Frieder sagte: »Ich will zurück.«

Als wir wieder bei den Schienen waren, sagte ich: »Komm, wir gehen näher ran! Vielleicht finden wir einen Finger, oder ein paar Blutflecken.«

Wir zwängten uns durch den löchrigen Maschenzaun. Wir standen dicht am Gleis. Wieder kam ein Zug rangerauscht.

Ich konnte Frieder jetzt schubsen, und jeder würde es für Suizid halten.

Ich hatte ihn im Augenwinkel. Wenn er sich zu schnell bewegte, würde ich mich ihm in den Weg werfen.

Suizid, das klang nach einer Krankheit, dachte ich. Oder nach einer Medizin. Früher hatten wir es Selbstmord genannt. Oder Selbstmordversuch. Frieder sprach jetzt immer von Freitod. Ich hatte nicht das Gefühl, dass Frieder besonders frei gewesen war, als er die Tabletten geschluckt hatte. Wenn alles auf die eine Entscheidung rauslief, wo war da die Freiheit?

Frieder hatte die Augen geschlossen. Er sah total entspannt aus. Ich hielt die Luft an.

Ich packte ihn an den Schultern und tat so, als schubste ich ihn, so heftig ich konnte. Im nächsten Moment riss ich ihn an den Schultern wieder zurück.

Er schrie.

»Bist du bescheuert!«

Wieder das Rattern der Schienen, wieder der Luftzug. Frieder drehte sich weg und sagte: »Ich weiß, dass ich es wieder tun kann, wenn es nötig ist. Es ist ganz einfach.«

Ich nahm Anlauf und sprang in einen Laubhaufen. Ich rannte zum nächsten Haufen und kickte das Laub auseinander. Es machte mir Spaß, mich wie ein Kind zu fühlen, oder zumindest so zu tun. Na ja, ein bisschen tat ich es auch für Frieder. Ein Verrückter stand unter einem Baum. Er lehnte am Stamm und betrachtete mich ernst, mit dem Blick eines Forschers.

Frieder sagte: »Der Arzt sagt, es wäre gut, wenn ich nicht mehr bei meinen Eltern wohnen müsste.«

Ich sagte: »Du ziehst endgültig in die Klapse?«

»Nein«, sagte Frieder. »Das Haus von meinem Opa steht leer. Er ist letztes Jahr gestorben. Meine Eltern haben nichts dagegen, wenn ich da einziehe. Aber sie wollen nicht, dass ich allein da lebe.«

Als wir die Treppe zur Klapse hochgingen, blendete uns die weiße Hauswand. Ich drehte mich noch mal um. Die Wolkendecke war an ein paar Stellen aufgerissen. Sonne fiel auf gelbes Laub. Das Laub leuchtete. Das sah aus wie Löcher im Rasen. Als ob die Sonne von unten schien. Aus der Hölle oder so.

*

Das Haus von Frieders Großvater stand mitten im Dorf. Die Straße, die am Haus vorbeiführte, endete an der Kirchenmauer, am Tor. Ein schwarzes, geschmiedetes Tor in einer Wand aus groben Steinen. Über die Mauer lugte der untersetzte Turm der evangelischen Kirche herüber wie ein dicker, missgünstiger Zwerg. Gott sei Dank war er eingesperrt.

Die Haustür war alt und klapprig und nicht abgeschlossen. Griff aus Messing. Im Hausgang lag Dämmerung. Wir drehten am Lichtschalter. Die Lampe an der Decke ging an und machte alles noch dunkler.

Es roch nach kaltem Lehm, von den Feldstiefeln, und sauer nach Gülle. Wir stiegen die Treppe hoch, vom Güllegeruch hinein in den Alteleutegeruch.

Oben waren ein paar ausgeräumte Zimmer, ein klobiger Kleiderschrank stand da und ein hohles Bettgestell. Eine Küche mit Holzherd. Vera drehte den Wasserhahn auf, es kam kein Wasser raus.

Das Badezimmer. Wo der Boiler gestanden hatte, klebten Dreck und Spinnweben auf den Kacheln. Darüber ein Abzugsloch in der Wand, das mit Zeitungspapier verstopft war.

Wir wollten schon wieder runtergehen, da sagte Vera: »Hier ist noch eine Tür.«

Die Tür klemmte. Man musste sie anheben. Die Scharniere knarrten. Ich tastete innen an der Wand.

Ich sagte: »Ich find den Schalter nicht.«

Vera: »Hier draußen.«

Sie drehte das Licht an.

Der Raum war praktisch leer. Mittendrin lag ein zusammengerollter Teppich. An der hinteren Wand stand ein Brettergestell. Eine Mustertapete, senkrechte Streifen in Hellblau, Dunkelblau, Mittelblau.

Vera sagte: »Fenster?«

Ich sagte: »Seh keins.«

Vera sagte: »Was macht man mit einem Raum ohne Fenster?«

Unten im Erdgeschoss war ein großer Raum mit Fliesen auf dem Boden und an den Wänden. Die Fugen waren wohl mal weiß gewesen, jetzt waren sie rotbraun. Das war die Wasch- und Schlachteküche.

Neben der Treppe war der Durchgang zu einem kleinen Kuhstall, da waren zwei gemauerte Buchten, darüber der Heuboden.

Vera zog mich ins Heu und küsste mich.

Sie sagte: »Und wenn er sich umbringt, gleich im Zimmer neben dir?«

»Macht er nicht.«

Sie drückte mich weg und kletterte die Leiter wieder runter.

»Das sagt er jetzt, mit den Medikamenten im Hirn! Und wenn er die auf einmal nicht mehr nimmt?«

Frieder hatte mir gar nicht versprochen, dass er sich nicht mehr umbringen wollte. Aber das konnte ich Vera nicht sagen.

Ich sagte: »Macht er schon nicht.«

»Stell dir vor, er kommt morgens nicht zum Frühstück. Du lässt ihn schlafen, vielleicht fällt ja bei ihm die erste Stunde aus. Mittags kommst du wieder, er ist immer noch in seinem Zimmer. Du denkst, was soll's, vielleicht hat er in der Nacht schlecht geschlafen. Am Abend klopfst du, aber er reagiert nicht. Du klopfst noch mal, ganz laut, dann machst du die Tür auf. Im Zimmer ist es dunkel. Du machst das Licht an. Er liegt in seinem Bett. Du gehst näher ran. Er ist kalt. Der Notarzt sagt, du hättest ihn retten können, wenn du schon morgens nach ihm gesehen hättest. Du bist schuld!«

»Bin ich nicht.«

»Aha, du rechnest also damit?«

Mit Frieder zusammenzuziehen, das war die Gelegenheit, dem Fiesen Freund Meiner Mutter zu entkommen. Ich müsste ihm nicht mehr helfen, die Einfahrt zu pflastern und die Fassade zu streichen und die Zimmerdecken mit irgendwelchen hässlichen Brettern zuzunageln.

Ich müsste nicht mehr sein Gemecker ertragen. Dass ich

wohl was Besseres sei, bloß weil ich nichts erwiderte auf sein Dauergefasel. »Der Herr geht auf die Oberschule, der Herr spricht nicht mit jedem!«

Wenn meine Mutter mal länger als fünf Minuten mit mir sprach, war der F2M2 eingeschnappt und sagte drei Tage lang zur Strafe gar nichts. Dann schüttete er sich sechs, acht Bier in den Kopf, und dann explodierte er.

Aber meine Schwestern mochten ihn. Noch. Die große kam gerade in die Pubertät. Sobald sie bemerken würde, wie er sie anglotzte, würde sie ihn hassen.

Der kleinen schenkte er dauernd Püppchen und Süßzeug. Bei der kleinen würde es noch ein paar Jahre dauern bis zum Glotzen und bis zum Hass.

Meine Mutter war nicht doof, ihr Freund war es umso mehr. Es war merkwürdig, auch wenn ich die Eltern meiner Kumpels anguckte: Die Väter waren immer viel dümmer als die Mütter, selbst wenn sie Ingenieur waren oder so was und die Mutter bloß Hausfrau. Die klügsten und freundlichsten Frauen hatten die dümmsten Arschlöcher zum Mann.

Ich wusste nicht, was die Frauen an diesen Typen fanden. Entweder verdienten die ein Schweinegeld, oder sie hatten andere Qualitäten, die ich mir nicht genauer vorstellen wollte.

Frieder hatte mir mal erklärt, was ein Satz war. Also ein Satz in der Mathematik. Das war so was wie eine Behauptung, die aber quasi bewiesen war. Weil sie auf Axiomen aufbaute. Ein Axiom war eine Regel, die jedem sofort einleuchtete. Eine Regel, die man nicht weiter aufteilen konnte. Also praktisch so was wie ein Atom. Zumindest, bevor man die Elektronen entdeckt hatte. Otto Hahn zerteilte dann ja sogar noch den Atomkern. Dafür kriegte er den Nobelpreis, bestimmt zu Recht, und eine Fünfmark-Gedenkmünze zum hundertsten Geburtstag. Die erste Gedenkmünze, die nicht mehr aus Silber war, sondern aus Kupfer-Nickel. Am Rand stand: ERSTE SPALTUNG DES URANKERNS 1938.

Egal.

Jedenfalls, Frieder hatte einen mathematischen Satz aufgestellt, der ging so: »Der durchschnittliche Intelligenzquotient in einer Ehe beträgt immer exakt 100.«

Ich konnte ohne großen Knall zuhause ausziehen. Es war für einen guten Zweck. Ich würde ausziehen, um Frieder davon abzuhalten, sich umzubringen. Und ich würde noch nicht mal Miete bezahlen müssen. Einerseits.

Andererseits hatte Vera schon recht. Ich würde nie wieder abends ausgehen können, weil ich immer befürchten müsste, zuhause eine Leiche zu finden. Ich würde nie wieder über Nacht bei Vera bleiben können.

Es war nicht so schlimm, wenn Frieder in der Klapse wohnen blieb. Er konnte jeden Morgen mit dem Fahrrad zur Schule fahren. Hausaufgaben machen und auf Klausuren lernen, das konnte er in der Schulbücherei. Und wenn er nachmittags zurückkam in die Klapse, waren da Ärzte und Pfleger mit Ahnung, die ihn davon abhalten konnten, sich das Leben zu nehmen. Der ganze Tagesablauf wäre viel regelmäßiger als in einer WG. Regelmäßigkeit, das war wichtig, wenn man verrückt war. Das gab einem Halt. Was zu tun und Regelmäßigkeit. Beschäftigungstherapie und drei pünktliche Mahlzeiten am Tag. Außerdem war jetzt Pauline auf der Station, die schönste Frau der Welt. Nach Vera.

Höppner Hühnerknecht, du bist ein feiges Schwein, dachte ich. Du würdest deinen Freund auch in den Knast gehen lassen, bloß um ruhig schlafen zu können.

Frieder wollte raus aus der Klapse, und jeder wusste, dass er da rausmusste. Wenn er drinblieb, würden ihn die Medikamente und die sanften Stimmen der Schwestern und das Gefühl der Kunstledercouch am nackten Unterarm und der Geruch nach Zigarettenqualm und Putzmitteln und Panikschweiß nach und nach in einen staksenden Broccoli verwandeln oder in irgendein anderes gleichmütiges Gemüse mit einem geregelten Tagesablauf.

Frieder hatte mir vorgeschlagen, mit ihm zusammenzuziehen. Es war unmöglich, das abzulehnen.

Ich zog die Haustür hinter mir zu. Sie knirschte. Vera stand am Misthaufen, der war dicht bewachsen mit Brennnesseln. Vor jedem Haus lag ein Misthaufenplatz. Eine betonierte Einfassung, die nicht mehr gebraucht wurde. Der Misthaufen war überwuchert mit Brennnesseln, oder die Einfassung war leergeräumt und wieder aufgefüllt mit Muttererde bis kurz unterm Rand und mit Geranien bepflanzt.

Wenn ein Dorf es hinkriegte, wirklich jeden Brennnesselhü-

gel abzutragen und alle Einfassungen mit Geranien zu be-
pflanzen und mit Sonnenblumen und so, dann wurde es Lan-
desdritter im Wettbewerb »Unser Dorf soll schöner werden«.
Oder Vierter.

Egal.

Was, wenn ich nicht allein bei Frieder einzog? Wenn wir zu
zweit wären, um auf Frieder aufzupassen? Dann wäre die
Verantwortung nicht so groß.

Vera guckte zu mir hoch. Dann stieg sie auf das Misthaufenmäuerchen und guckte zu mir runter. Sie sagte: »Gut. Ich
zieh mit ein.«

*

Die Fenster waren ziemlich klein, deswegen strichen wir die Zimmer orange. »Dann scheint immer die Sonne!«, sagte Vera.

Frieder fand das affig. Er strich sein Zimmer in Weiß und Hellblau. Weiß die Wände, hellblau die Fußleisten, die Tür und die Fensterrahmen. Sogar sein Bett, den Tisch und den Stuhl strich er blau.

Frieder fand Griechenland toll, seit wir im Kino mal »Alexis Sorbas« gesehen hatten. Dieser Sorbas, der lebte in den Tag hinein und machte sich nicht besonders viele Gedanken. Das gefiel Frieder.

Neben die Tür hängte Frieder einen hellblauen Bilderrahmen mit einer Speisekarte drin:

Imiglykos (1/4 Liter): umsonst

Zaziki (kl. Teller): umsonst

Kaffee (gr. Tasse): umsonst (solange Vorrat)

Vera sagte: »Wenn das alles umsonst ist, warum schreibst du dann die Menge hin?«

Frieder kam mit Traktor und Hänger zu mir getuckert. Wir packten mein Zeug hinten drauf. Den kleinen Fernseher ließ ich zuhause. Ich hoffte, dass meine Schwestern ihn nicht so sehr brauchen würden, wie ich ihn gebraucht hatte.

Dann fuhren wir ins nächste Dorf, zu Vera. Der größte Teil der Ladefläche blieb leer. In den Ritzen klemmte altes Heu. In einer Ecke lagen unsere Matratzen, nebeneinander, dazu die Kartons und eine Stehlampe. Die stand bis zur ersten Kurve, dann lag sie.

Am Schluss zuckelten wir zu Cäcilia. Veras Eltern erlaubten Vera nicht, allein mit zwei Jungs zusammenzuziehen. Also zog Cäcilia mit ein. Ich verstand nicht, warum Cäcilia das wollte. Sie hatte zuhause ein riesiges Zimmer, und ihre Eltern waren fast nie da. Sie konnte im Wohnzimmer fernsehen, ohne dass ihr wer blöd kam. Im Keller gab es sogar einen Swimming-Pool, hatte Vera erzählt, und die wusste es von ihrer Mutter. Die putzte da jeden Dienstagvormittag.

Cäcilias Mutter machte irgendwas im Rotary-Club. Das war so ein Verein von Architekten und Bauunternehmern und so. Die sammelten vor Weihnachten immer Geld, und in der Zeitung kam dann ein Bericht mit einem großen Foto, auf der ersten Seite vom Lokalteil, wie sie dem Roten Kreuz oder dem Kinderheim einen großen Scheck aus Pappe überreichten.

Jedenfalls, Cäcilia sagte ihrer Mutter, dass Frieder ohne ihre Hilfe null Chancen hätte, jemals wieder aus der Klapse rauszukommen. Da durfte sie tatsächlich mit einziehen.

Cäcilia stand auf der Straße, neben einem Umzugslaster, und stritt mit ihrer Mutter. Ein Mann trug eine Kommode aus dem Haus. So eine glänzend weiß lackierte Mädchenzimmerkommode mit geschwungenen Beinchen und goldenen Schnörkeln auf den Schubladen.

Cäcilia schrie: »Ich brauch das alles nicht!«

Der Möbelpacker blieb stehen.

Cäcilias Mutter redete auf Cäcilia ein, dann auf den Möbelpacker. Der stellte die Kommode auf die Ladebühne des Lasters und ging wieder ins Haus.

Cäcilia schrie noch mal: »Ich brauch das alles nicht!«

Sie schob ihr Fahrrad aus der Garage und hob es auf den Hänger. Dann kletterte sie zu uns auf den Traktor.

Cäcilias Mutter kam angelaufen und reichte ihr ein langgestrecktes schwarzes Köfferchen.

Vera sagte: »Oh, eine Maschinenpistole!«

Frieder sagte: »Oh, ein Babysarg!«

Cäcilias Mutter schaute erst zu Vera, dann zu Frieder. Dann schaute sie zu Cäcilia, fragend. Cäcilia antwortete nicht, nicht einmal mit einem Gesichtsausdruck.

Frieder kannte eine Abkürzung über die Feldwege. Aber als wir am Haus von Frieders Opa ankamen, stand der Möbelwagen schon da.

Am Abend saßen wir zum ersten Mal um den Küchentisch. Im Recorder lief die einzige Kassette, die wir gerade parat hatten. Alle anderen lagen irgendwo in den Kartons.

Die Musik war so laut, dass wir uns beim Essen nicht unterhalten konnten. Was irgendwie egal war. Es war ja erst der Anfang, und am Anfang gab es noch nicht viel zu besprechen. Wir drehten die Spaghetti auf die Gabeln und wippten mit den Knien.

Cäcilia sagte zu Frieder: »Du könntest zum Beispiel ein Instrument lernen. Das hilft.«

Auf einmal stand der alte Seidel in der Tür, der Bauer von gegenüber. Er guckte ziemlich mürrisch. Er hielt eine Axt in den Händen.

Frieder drehte die Musik leiser.

Der Seidel sagte: »Frieder, dein Großvater hat mir die Axt mal geliehen. Dann ist er krank geworden, und dann ist er gestorben. Ich hab sie nicht vergessen. Hier. Ich hab sie geschliffen.«

Im Recorder lief ein Song, der hieß »Our House«.

Frieder sagte: »Die hat mein Vater schon gesucht.«

Der Seidel horchte.

Dann sagte er: »Auerhaus, aha. Auerochse, Auerhaus.«

*

Morgens spielten wir Federball vor dem Haus. Abends besuchten wir uns in unseren Zimmern oder saßen um den Küchentisch und redeten und rauchten.

Ich musste nicht mehr auf dem Bett hocken und in die Glotze glotzen. Ich konnte im Haus rumgehen ohne Furcht, vom F2M2 einen dummen Spruch zu kassieren.

Nach ein paar Tagen sagte Cäcilia: »Du gehst gar nicht mehr so gebückt. Du bist immer so gebückt gegangen im Haus, ganz komisch.«

Die Kaffeedose war leer. Ich stellte sie zurück auf die Fensterbank. Draußen stand Frieder unter der Straßenlaterne, im Morgennebel. Er stellte sich auf die Fußspitzen, trippelte rückwärts auf dem feuchten Asphalt, dann holte er aus, bog sich nach hinten und peitschte den Schläger nach vorn. Der Federball schoss zurück, im weiten Bogen über Vera.

Cäcilia rief von der Treppe: »Hopp!«

Ich griff die Plastiktüte mit den Schulsachen. Vom Küchentisch bis in den Stall brauchte ich drei Sekunden, wenn ich die Treppe in zwei großen Sätzen runtersprang. Wenn ich einfach runterrannte, brauchte ich auch drei Sekunden.

Frieder schob das Fahrrad aus dem Stall. Er zog das riesige gelbe T-Shirt über den Regenponcho. XXXL, Vera wusste nicht mehr, wo sie es mal mitgenommen hatte.

Der Viererpulk rollte los, eine Raute mit Vera an der Spitze und Cäcilia am Ende. Frieder und ich bildeten die Flanken. Wir passierten das Ortsschild, rotierten die Positionen, Frieder und Vera fielen eins nach hinten, Cäcilia rückte vor zur Seite, neben Vera, und ich schob mich an die Spitze. »Belgischer Kreisel«, sagte Frieder. Hinter uns staute sich der Berufsverkehr.

Auf halber Strecke, kurz vor der scharfen Linkskurve, hatte das Peloton zur endgültigen Formation gefunden. Einerreihe. Frieder im gelben Trikot führte den Vierer an, er pendelte beim Treten hin und her, gleichmäßig wie der dicke gelbe Zeiger eines absurd großen Metronoms. Der Zeiger eines Metronoms vom Sehbehindertenorchester.

Seine langen braunen Locken flatterten im Wind. Dann kam Vera, dann ich, ganz hinten Cäcilia.

Jedenfalls, wir lebten ein richtiges Leben mit Aufstehen und Frühstückmachen und Federballspielen, mit Essenbesorgen und zusammen Kochen.

Vor dem Essen sagte Frieder: »Lasset uns beten!«

Wir riefen: »Der Hunger treibt's rein, der Geiz behält's drin!«

Frieder sagte: »Amen.«

Ein richtiges Leben mit ziemlich viel Reden, mit Reden zum Frühstück und Reden am Mittag und Reden am Abend, und das ganze Reden bedeutete: Aufpassen auf einen von uns, der mal versucht hatte, sich umzubringen.

Ich verstand nicht, warum sich einer umbringen wollte. Auch nach all den Wochen verstand ich es nicht.

Also, irgendwie verstand ich es schon, aber ich verstand nicht, dass es einer wirklich versuchte.

Traurig sein und sich umbringen wollen, das waren zwei ganz verschiedene Paar Stiefel.

Ich wusste, was Depressionen waren. Meine Mutter hatte es mir erklärt. Das war, wenn einer bloß noch dasaß. Oder lag. Und nichts mehr tun konnte. Normalerweise führte ein Gedanke zum nächsten. Aber wenn man Depressionen hatte, führte kein Gedanke irgendwohin. Er hörte einfach auf.

Ein Gehirn mit Depressionen, das war wie ein Fahrrad mit einem kaputten Tretlager. Man konnte strampeln, wie man wollte, aber man kam doch nicht vom Fleck.

Frieder aß ziemlich hastig und viel. Er war immer als Erster fertig. Dann schob er den Teller von sich weg und sagte: »Ich bin satt. I am sad.«

*

In die Schule fuhren wir mit dem Rad, eisern. Aber manchmal hatte ein Rad einen Platten. Oder man sah schon morgens, dass der Regen den ganzen Tag nicht mehr aufhören würde. Für solche Tage sammelten wir abgelaufene Monatskarten.

Die Monatskarten waren auf kleine dicke Pappen gedruckt. Drei Buchstaben für den Monat, zwei Ziffern für das Jahr. Wir klebten einfach vor das aktuelle Jahr ein altes OKT, NOV oder DEZ.

Es war nicht direkt Betrug. Wir verlängerten nur die Gültigkeit von Karten, die wir eh schon bezahlt hatten. Dass an den Karten rumgeschnipselt worden war, konnte man bloß erkennen, wenn man schon einen Verdacht hatte. Hinter der zerkratzten Schutzfolie sahen die Karten ganz normal aus.

Ich sagte: »In Berlin nehmen die Busse ja Tramper mit.«

Vera: »Das war ein einziger, der uns mal mitgenommen hat.«

Frieder sagte: »Jeder Bus, bei dem ihr es versucht habt. Das sind einhundert Prozent.«

Meine Mutter brachte uns Esssachen aus dem Supermarkt. Halbvolle Stiegen mit aussortierten Äpfeln oder Paprikas oder ein paar Becher Joghurt, die gerade abgelaufen waren.

Frieder holte jeden Freitag vom Bäcker einen riesigen Laib Brot, den seine Eltern mit Getreide bezahlten. Das kam mir irgendwie bekannt vor, aus einem Märchen oder so, aber mir fiel nicht ein, aus welchem.

Kaffee und Wein und andere teure Sachen klaute Frieder beim Penny. Vera hatte ihn irgendwann auf die Idee gebracht. Es klappte ziemlich gut.

Dazu kam mein Job in der Hühnerfarm, und die Halbwaisenrente. Trotzdem war die Küchenkasse immer ziemlich schnell leer.

Cäcilia weigerte sich, Geld von ihren Eltern anzunehmen. Das war gut für ihren Stolz, aber für uns war es schlecht.

Als uns wieder mal das Geld ausging, verkaufte ich meine Münzensammlung.

Seit ich fünf oder sechs gewesen war, hatte ich Münzen geschenkt bekommen, zum Geburtstag, zu Weihnachten, zur Kommunion, Firmung, jedes Mal Münzen. Erst bloß von meinem Onkel, irgendwann von meinem Opa und dann sogar von meiner Mutter. Null Ahnung, wieso. Wahrscheinlich glaubten sie, wenn einer dauernd Münzen geschenkt kriegte, interessierte er sich auch dafür.

Und irgendwann fing ich wirklich an, mich für Münzen zu interessieren. Aus was für einem Metall sie waren, aus welchem Jahr, was drauf war und so weiter. Eigentlich wusste ich alles, was ich in Chemie oder Geschichte wusste, vom Münzensammeln.

Es waren vor allem silberne Gedenkmünzen, aber auch alte Kursmünzen, also Geld, mit dem Leute früher mal richtig bezahlt hatten. Zum Beispiel ein Markstück von 1934. Ich stellte mir vor, Hitler hätte es einmal in der Hand gehabt. Aber was hatte er damit gekauft? Was bekam man damals für eine Mark? Vielleicht fünf Laib Brot. Aber musste Hitler im Laden überhaupt noch bezahlen? Er war ja immerhin Hitler. Die älteste Münze war ein Zehnpfennigstück. »Deutsches Reich 1899« stand vorne drauf. Kupfer-Nickel. Erhaltungsgrad »schön«, was für Münzensammler so viel hieß wie: gar nicht mehr schön. Der Bauch vom Adler auf der Rückseite war ganz plattgerieben.

Ich mochte die abgenutzten Münzen viel lieber, die »schönen«. Die makellosen Münzen, die »vorzüglichen«, hatten jahrelang bloß rumgelegen in irgendwelchen Kästchen oder Samtschubladen, aber die abgenutzten hatten was erlebt.

Die einzige Münze, die ich behielt, war ein Vierpfennigstück aus Kupfer von 1932. Das war eingeführt worden, um den Hausfrauen beim Sparen zu helfen. Hatte zumindest mein Onkel erzählt. Auf der Münze war ein A, das hieß, die Münze war in Berlin geprägt worden. Ich steckte sie in das kleine Fach in der Hosentasche von meiner Jeans. Als Talisman. Wegen dem Sparen und wegen Berlin.

Frieder dachte den ganzen Tag nach. Wenn er was rausgefunden hatte, sah er mich kurz an, als ob er auf eine Einladung wartete. Dann sagte ich »Und?«, und Frieder sagte, was er rausgefunden hatte.

Ich sagte: »Und?«

Frieder sagte: »Ich wollte mich nicht umbringen. Ich wollte bloß nicht mehr leben. Ich glaube, das ist ein Unterschied.«

*

Mitten im Ort stand eine Telefonzelle. Wir konnten sie vom Küchenfenster aus sehen.

Ab sechs Uhr am Abend standen die Gastarbeiterfamilien Schlange. Erst sprach die Mutter, dann der Vater, dann ein Kind nach dem anderen, vom Kindergartenkind bis rauf zum Lehrling. Sie redeten mit Großeltern, Onkeln, Tanten, Cousinen, Cousins in Spanien, Italien, Jugoslawien.

Eines Abends sagte Vera: »Das werden jeden Abend mehr.«

Frieder: »Die Telefonzelle ist kaputt.«

Jetzt konnte man mit einem einzigen Markstück telefonieren, so lange man wollte, und wenn man auflegte, fiel das Markstück sogar wieder raus.

Leider kannten wir niemanden, mit dem wir ein Ferngespräch hätten führen können. Außer Cäcilia, die kannte wen in Amerika, aber sie ging immer nach Hause, zu ihren Eltern, wenn sie mit Amerika telefonieren wollte.

*

Birth, school, work, death. Kurse, Pausen, Klausuren, der Mechanismus war noch immer derselbe. Dem Anschein nach.

Denn die Lehrer behandelten uns völlig anders als vorher. Sie ließen Frieder und mich einfach in Ruhe. Wir lasen, was wir wollten, ganz ungeniert auf dem Tisch. Ich las Comics, Frieder irgendwelche Philosophen, Psychologen oder Suizidanleitungen. Alfred Adler: »Wozu leben wir?« Alfred Adler, das klang wie eine Figur aus Donald Duck.

Ich fragte Frieder leise: »Und, weiß er's?«

Frieder flüsterte: »Zum Heiraten und zum Kinderkriegen.«

Er wieherte lautlos, aber noch heftiger als sonst.

Wenn wir uns mal meldeten, kamen wir sofort dran. Als ob das, was wir zu sagen hatten, wahnsinnig dringend wäre und unverzüglich gehört werden müsste. Entweder hielten uns die Lehrer auf einmal für irgendwie erleuchtet, oder sie hatten Schiss, dass Frieder noch mal versuchen könnte, sich das Leben zu nehmen, wenn sie nicht nett zu ihm waren.

Birth, school, work, death. Cäcilia jammerte immer, wie ungerecht die Lehrer seien. Ungerecht zu den anderen, die schlechtere Noten bekamen als sie selbst. Dass ihre eigenen guten Noten ungerecht sein könnten, auf die Idee kam sie nicht.

Der Lehrstoff war in Ordnung. Alles dabei, was wir später brauchen würden: Blutkreislauf, Rechtsstaat, Bruttosozialprodukt.

Sogar ein bisschen Kunst kam dran, und Literatur. Frieder sagte: »Literatur, das ist das Klopapier, mit dem sich jedes Arschloch putzt.«

Fand ich heftig.

Seltsam waren die anderen in der Klasse. Die, für die alles weiterging wie immer.

Hätte man sie vor einer Klausur gefragt: »Wozu lebst du eigentlich?«, hätten sie geantwortet: »Das kommt nicht dran, das müssen wir nicht wissen.«

Sie waren auf der Oberschule zuhause. Sie verpuppten sich, machten Abi und studierten, und wenn der Kokon platzte, sahen sie aus wie ihre Eltern. Sie übernahmen die Praxis, die Kanzlei, das Ingenieurbüro. Sie erbten von ihren Eltern das Abitur und das Leben.

Sie kannten den Song, aber sie waren nicht sauer, wenn sie ihn sangen, sondern sie lächelten verzückt: »Birth, school, work, death!«

Frieder sagte: »Meine Eltern sind stolz darauf, dass ich aufs Gymnasium gehe. Und wenn ich mal zum Mond fliege, sind sie auch darauf stolz. Aber sie werden es nicht verstehen.«

»Was?«

»Wie sich die Schwerelosigkeit anfühlt. Wie die Welt von oben aussieht.«

*

Birth, school, work, death. Harry war schon bei »work«.
Er saß auf einmal in der Küche. In der Küche saß immer wieder mal irgendwer, den ich nicht kannte, unsere Haustür war ja immer offen. Manche schrieben einen Zettel, dass sie da gewesen waren und was sie gewollt hatten, andere setzten sich einfach hin und warteten.

Diesmal war es Harry. Da wusste ich noch nicht, dass er Harry hieß.

Wahrscheinlich ist der Typ ein Bekannter von Vera oder Frieder, dachte ich. Wie ein Bekannter von Cäcilia sah er jedenfalls nicht aus. Aber Vera und Frieder waren nicht da, die waren noch einkaufen. Einkaufen in Anführungszeichen.

Jedenfalls, der Typ hatte eine rote Latzhose an. Im Latz vorn steckte eine kleine Zange mit isolierten Griffen, daneben ein Spannungsprüfer.

Ich sagte: »Hallo.«

Der Typ sagte: »Hallo.«

Er krümelte Gras in einen Joint. Er schaute nicht einmal auf.

»Hallo?«

»Ja, hallo. Mitrauchen? Ich bin Harry.«

Harry rauchte seltsames Gras. Es schmeckte irgendwie süß und weich.

Ich sagte: »Schmeckt nach Honig.«

Harry sagte: »Altes Familienrezept.«

»Sag schon.«

»Geschäftsgeheimnis.«

Harry kannte Frieder schon aus dem Kindergarten. Jetzt ging er nach Stuttgart in die Lehre.

Harry sagte: »Elektriker sind die Elite, ganz echt! So'n Maurer oder so'n Maler, der ist dumm wie ein Meter Feldweg, aber das macht nichts. Eine schlecht verfugte Wand ist halb so wild, oder wenn einer mal die Farbe zu stark verdünnt. Aber ein dussliger Elektriker, der kommt gar nicht lebend durch die Lehre.«

Wahrscheinlich guckte ich ein bisschen zweifelnd.

Jedenfalls, Harry sagte: »Doch! Von den Leuten, die mit mir angefangen haben, haben sich schon zwei selber gegrillt. Der eine hat vergessen, die Sicherungen rauszudrehen, und der andere bei einer Mutprobe. Na ja, Intelligenztest trifft's vielleicht besser. Also, wenn du mich fragst, Elektriker sind die Elite. Kannst du dir merken. Also die, die es durch die Lehre schaffen.«

Ich konnte Harry gleich gut leiden, und seine Ansichten über Maler gefielen mir auch.

»Gegrillt?«, fragte ich. »So, dass das Fleisch angebrannt ist?«
Harry sagte: »Mit Ketchup!«

Von dem Tag an schaute Harry jeden Nachmittag bei uns vorbei, wenn er von der Arbeit kam. Er stieg morgens um halb sechs in den Zug nach Stuttgart, und nachmittags um fünf saß er in seiner roten Latzhose bei uns in der Küche und kiffte.
Harry sagte: »Ich kauf mir ein Auto. Bald. Ganz egal, was für eins! Bloß nicht zu klein. Eins, das ordentlich Sprit schluckt. Bimmelbahn, Omnibus, Fahrrad! Wir sind doch nicht bei armen Leuten!«

Nach ein paar Wochen fragte Harry: »Seid ihr schwul?«
Frieder und ich guckten uns an.
Harry: »Weil ihr zusammenwohnt. Ihr lest Bücher. Ihr kocht!«
Vera sagte: »Höppner ist mein Freund!«
Harry: »In Stuttgart zum Bahnhof kommen Männer, die sind sogar verheiratet. Also?«
Frieder sagte: »Ich glaub, ich nicht.«
Ich sagte: »Ich glaub, ich auch nicht. Bist du schwul?«
Harry: »Glauben heißt nix wissen.«
Ich: »Und?«
Harry: »Und was?«
Ich: »Bist du schwul?«
Harry: »Ich glaub schon.«

Vera: »Glauben heißt nix wissen.«

Frieder: »Wissen das deine Eltern?«

Harry: »Halb.«

Frieder: »Dein Vater?«

Harry: »Der würde mich totschlagen.«

*

Draußen regnete es wie Sau. Außen am Fenster rutschte das Wasser in breiten Wellen runter. Bei jeder Welle pulsierte das Haus vom Seidel auf der anderen Seite der Straße. Es wuchs und streckte sich, dann duckte es sich wieder.

Frieder sagte: »Trotzdem.«

Er kippte Kaffee in eine große Tasse, bis sie beinahe überlief. Dann beugte er sich vor und schlürfte den schwarzen Hügel ab.

Frieder: »Ich fahr trotzdem mit dem Rad.«

Cäcilia, Vera und ich, wir beeilten uns. Wenn wir mit dem Bus in die Stadt fahren wollten, mussten wir früher los. Frieder grinste müde.

In der dritten Stunde war der Platz neben mir immer noch leer. Ich sah Frieder vor mir, wie er am Strick hing, auf dem Heuboden. Ich konnte gar nichts dagegen machen.

Wenn ich daran dachte, dass er Suizid beging, sah ich ihn immer hängen. Pistolen hatten wir keine, und vor den Zug würde er sich nicht werfen, das wusste ich inzwischen. Ihn ekelte die Vorstellung, so zu enden. »Himbeermatsch«, sagte er.

Irgendwo runterzuspringen war auch schwer. Es gab nirgends richtig hohe Häuser. Und das Himbeermatschproblem hatte er beim Runterspringen ja genauso.

Tabletten kamen mir irgendwie banal vor. Mit Tabletten hatte er es schon mal versucht. Das wäre null Steigerung gewesen.

In der Pause vor der fünften Stunde sagte Vera: »Und wenn er jetzt, in diesem Moment, in seinem Bett liegt und am Sterben ist?«

Cäcilia sagte: »Er macht einfach blau. Warum sollte er sich ausgerechnet heute umbringen?«

Ich sagte: »Er hat so komisch geschaut heute Morgen. Einer muss nach Hause fahren und nachsehen.«

Natürlich fuhren wir alle. Keiner von uns war scharf darauf, allein auf eine Leiche zu treffen.

Wir sahen den Krankenwagen schon von weitem: Er stand vor dem Haus, mit Blaulicht. Vera und Cäcilia stolperten aus dem Bus und rannten los, ich hinterher.

Frieder war tot.

Seine Eltern würden uns rausschmeißen.

Ich musste wieder zuhause einziehen, bei meiner Familie. Beim F2M2.

Frieder war tot.

Wir hatten nicht aufgepasst.

Rein ins Haus, die Treppe hoch, wir nahmen zwei Stufen auf einmal und rissen die Tür zu Frieders Zimmer auf.

Auf dem Fensterbrett stand das Orangenbäumchen mit den kleinen weißen Blüten. Auf dem Tisch ein leeres Glas. Daneben eine leere Packung Tabletten. Das Bett war leer. Frieder war nicht im Zimmer. Wir gingen zum Fenster. Unten stand der Rettungswagen und blinkte immer noch blau. Gegenüber saß der Seidel auf seinem Traktor. Er sah rauf.

Aus dem Hausgang hörte ich eine tiefe Stimme. Zwei Männer in grellroten Jacken kamen aus der Küche. Der eine trug einen Blechkoffer. NOTFALLKOFFER. Sie guckten ernst.

Der eine rief: »Beine hoch, dann wird das schon!«

Der andere: »Demnächst mal zum Arzt, Blutdruck und alles.«

Der eine blieb stehen und drehte sich um: »Übertreib es nicht mit der Kifferei. Mach mal 'ne Pause.«

In der Küche stand Frieder. Er hielt zwei klobige Schuhe vor der Brust, Sicherheitsschuhe, mit den Sohlen nach oben. In den Schuhen steckten rote Hosenbeine. Auf dem Küchenboden lag Harry, zwischen Frieders prallen Fahrradtaschen. Harry war blass wie Milch. Mit einem winzigen Schuss Waldmeistersirup.

Cäcilia sagte: »Kreislauf?«

Frieder sagte: »Als ich nach Hause kam, lag er mit dem Gesicht auf dem Tisch.«

Vera fragte: »Warum bist du nicht in die Schule gekommen?«

Frieder: »Ich bin zur Telefonzelle und hab den Notarzt gerufen.«

Cäcilia fragte: »Und davor?«

Frieder: »Einkaufen.«

Ich sagte: »So lange?«

Frieder sagte: »Sie haben mich erwischt. Na ja, fast.«

Frieder wieherte, als er davon erzählte.

Er hatte sich schon die Klamotten unterm Poncho vollgestopft. Da bemerkte er, dass er beobachtet wurde.

»Glaub ich jedenfalls. Genau weißt du es erst, wenn es zu spät ist. Ich hab alles wieder zurückgestellt ins Regal, Stück für Stück. Kaffee, Wurst, Wein, zwei Gläser Artischocken.«

Rückwärts klauen. Das war genau so schwierig wie vorwärts zu klauen, aber am Ende stand man mit leeren Taschen da.

Frieder: »Dann bin ich in die Stadt gefahren und hab alles noch mal besorgt.«

Harry blinzelte.

»Hast du frei?«, sagte Frieder. »Oder warum hockst du allein bei uns in der Küche rum?«

»Berufsschule«, sagte Harry von unten.

Irgendwer fragte: »Artischocken?«

Frieder sagte: »Ich wollte Pizza machen, Artischocken-Pizza. Artischocken sind gut gegen Cholesterin und gegen Verkalkung. Und sie sind gut für die Leber.«

Vera sagte: »Das klingt jetzt nicht so, als ob er sich demnächst umbringen will.«

Frieder räumte seine Fahrradtaschen aus. Ein paar Päckchen Kaffee, eine Zweiliterflasche Imiglykos, abgepackte Salami, Mozzarella, Artischocken.

Zum Schluss legte er einen bunten Klumpen auf den Tisch.

»Ich glaube, das ist so eine Art Schokoladenstollen. Ich war beim Kaufhof in der Feinkostabteilung. Schwei-ne-teuer. Eigentlich.«

Frieder reichte das Stollending herum. Es war in Alufolie gewickelt. Auf der Unterseite stand ganz klein: »Prosecco-Aprikose-Cremetrüffel mit Pistaziensplittern in Edelvollmilchschokolade 300g«.

Der Stollen lag ziemlich schwer in der Hand.

Frieder sagte: »Ich muss euch was sagen.«

Er lehnte sich an den Kühlschrank und machte eine Pause. Dabei waren eh schon alle still und guckten ihn an. Auch Harry. Der lag immer noch auf den Fliesen.

Auf dem Herd sirrte der große Wasserkessel.

Es war total unklar, was Frieder jetzt verkünden würde. Vielleicht, dass er sich entschlossen hatte, nie wieder zu versuchen sich umzubringen. Oder aber, dass er sich entschlossen hatte, sich heute noch umzubringen. Und dass es nett wäre, wenn wir solange mal aus dem Haus gingen.

Ich wusste es einfach nicht. Ich wusste nicht, woran ich mit Frieder war. Wenn er mal traurig schien, war er vielleicht bloß müde. Wenn er mal fröhlich schien, war er vielleicht schon auf dem Absprung.

Frieder hatte mal gesagt: »Wenn einer, der dauernd an Suizid gedacht hat, plötzlich gute Laune hat, ohne Grund, dann hat er sich entschieden.«

Frieder sagte: »Ich will ab jetzt alles, was ich umsonst bekomme, auf die Haushaltskasse anrechnen.«

Umsonst bekommen, das war Friederdeutsch für »klauen«.

Ich sagte: »Uff.«

Cäcilia räumte Kaffee und Wein ins Regal. Dann wollte sie an die Kühlschranktür. Frieder ging einen Schritt zur Seite.

Das Küchenfenster war beschlagen. Irgendwer hatte mit dem Finger ein Herz auf das Fenster gemalt. »HARRY +«, stand daneben. Der zweite Name war weggewischt. Unten in der Herzspitze sammelte sich Kondenswasser und rann in einer dünnen Linie senkrecht nach unten. Ein Herzballon an einem Faden.

Der Kessel wurde immer lauter. Ich zog ihn an den Rand der Herdplatte. Das Sirren wurde leiser, und schließlich war bloß noch das Feuer zu hören, wie es leise knackte.

Vera sagte: »Du klaust viel mehr, als wir überhaupt einzahlen können.«

Frieder sagte: »Wenn du ab und zu was Brauchbares klauen würdest, hätten wir überhaupt kein Problem.«

Vera: »Mach ich doch.«

Frieder zog die Besteckschublade auf: »Kaffeelöffel? Dreißig verschiedene Kaffeelöffel?«

Vera sagte: »Silber!«

Ich sagte: »Eisen.«

Vera: »Silber!«

Ich: »Na gut, Edelstahl.«

Vera öffnete den Kühlschrank: »Kondome! Jede Woche eine Zehnerpackung Kondome!«

Frieder wurde rot.

Harry murmelte: »Hurra.«

Man hörte, dass ihm immer noch schlecht war.

Cäcilia sagte: »Komisch, dass die gar nicht weniger werden.«

Ich sagte: »Ich kann das nicht. Ich hab so einen Schiss, erwischt zu werden. Ich kann das nicht.«

Cäcilia nickte.

Frieder: »Wenn du aus dem Laden rauskommst, weißt du, was für ein Gefühl das ist? Du bist allmächtig!«

Vera: »Man muss es üben, dann ist es ganz einfach.«

Frieder sagte: »Vorschlag. Vera und ich, wir bringen euch bei, wie man klaut. Und dann wird alles zur Hälfte angerechnet. Zum Beispiel: ein Päckchen Kaffee. Das kostet im Laden zehn Mark. Das zählt dann so viel wie fünf Mark in die Kasse.«

Vera: »Dann hat jeder privat mehr Geld übrig, und als WG haben wir trotzdem alles! Je mehr wir klauen, desto höher der Wohlstand. Individuell und kollektiv!«

Ich musste an Gemeinschaftskunde denken, Wirtschaftstheorie. Wohlstand für alle. Gemeinschaftskunde war mein mündliches Abiprüfungsfach. »Herr Höppner, was hätte Ludwig Erhard zu Veras Theorie gesagt?«

Frieder: »Und einmal in der Woche geh ich zum Kaufhof, in die Feinkostabteilung. Was ich da umsonst bekomme, wird nicht angerechnet, das ist geschenkt.«

Frieder zupfte das Alu von dem komischen Schokostollen und schnitt ihn in dünne Scheiben. In der hellorangen Füllung leuchteten knallgrüne Punkte. Ich hatte null Lust auf was Süßes. Ich biss trotzdem ab. Mit den Zähnen durch den festen Schokoladenrand, ins Weiche, das schmeckte nach Gummibärchen und kalt und sauer, aber dann vermischte es sich mit der süßen, bitteren Schokolade, beim Kauen knirschten die Pistaziensplitter, die schmeckten wie frisch geröstete Mandeln.

Es war das Köstlichste, was ich in meinem ganzen Leben gegessen hatte.

Das Allerallerköstlichste.

*

Frieder schrieb mit Edding »Trainingszentrum« auf eine Pappe und machte das Schild mit Reißnägeln außen an der Küchentür fest. Er zeigte auf die Fensterbank: »Der Kaffee und der Wein.«

Vera sagte: »Furandum, das zu Klauende.« Sie saß auf einem Stuhl neben der Tür. Sie war die Kassiererin.

Frieder schlüpfte in den Regenponcho. Er stand da wie ein schlecht aufgebautes Zweimannzelt.

»Erste Frage: Spiegel. Kontrollspiegel in der Ecke? Einwegspiegel in der Wand?«

Er guckte nach oben, er drehte den Kopf nach links und nach rechts.

»Nichts zu sehen. Zweite Frage: Ladendetektiv. – Da!«

Er zeigte auf Harry, der am Fenster stand.

»Der sieht aus wie ein Lehrling. Viel zu jung. Ein Ladendetektiv ist 25, mindestens. Der braucht ja eine Autorität, wenn er dich anspricht. Das muss ein richtiger Erwachsener sein. Einer, der dir Angst machen kann. – Da, der Typ mit den Sicherheitsschuhen!«

Er zeigte wieder auf Harry, auf die Füße.

»Nein, damit kann er nicht rennen. Ein Detektiv hat immer bequeme Klamotten an. Pulli oder Jacke, flache Schuhe. Wenn einer einen langen Mantel anhat oder Stiefel, das ist kein Detektiv. Also. Bleibt die Frau an der Kasse, aber die bohrt in der Nase.«

Vera schnipste den Popel Richtung Frieder.

Vera sagte: »Du willst das Furandum kaufen! Du nimmst es ganz selbstverständlich in die Hand! Du hast nichts Verbotenes vor.«

Frieder nahm den Kaffee von der Fensterbank.

Vera: »Du siehst dich nicht um. Das ist die normalste Sache der Welt. Jeder nimmt das, was er kaufen will, aus dem Regal. So kaufen die Leute nun mal ein. Dann gehst du weiter.«

Frieder drehte sich weg und marschierte auf der Stelle. Er sagte: »Du willst nicht klauen! Du bist einfach sehr zerstreut.«

Vera: »Das Furandum verschwindet. In der Jacke, unterm Poncho, in der Einkaufstasche. Es verschwindet zufällig genau in dem Moment, in dem niemand zusieht.«

Frieder drehte sich wieder zu mir. Die Arme waren nicht zu sehen. Er stopfte unterm Poncho den Kaffee in den Parka. Das Zweimannzelt beulte sich und wackelte, als ob die zwei Mann darin sich prügelten.

Er starrte mich an und lächelte: »Blickkontakt! Du hast nichts Schlimmes getan. Wobei soll man dich erwischen? Du hast eine Packung Kaffee aus dem Regal genommen, hast sie angesehen und gleich wieder zurückgestellt. Der Kaffee war zu teuer, zu Mokka, zu hässliche Verpackung, ganz egal. Du hast es dir halt anders überlegt. Wenn dich gerade in dem Moment wer ansieht, in dem du was einsteckst, dann guck ihn erst recht an. Freundlich! Dein Lächeln macht alles unsichtbar!« Er nahm einen Becher Joghurt aus dem Kühlschrank und ging damit zu Vera.

Vera: »45 Pfennig.«

Frieder legte eine Luftmünze in ihre Hand.

»Und fünf zurück, vielen Dank, schönen Tag noch!«

Frieder stellte den Kaffee wieder auf die Fensterbank. Er drehte sich zu mir: »Jetzt du.«

Ich guckte zu Harry. Der stand immer noch am Fenster.

Ich sagte: »Zu jung.«

Ich dachte, dass Harry bestimmt gern bei uns einziehen würde.

Ich sagte: »Sicherheitsschuhe. Kein Detektiv.«

Aber dass im Auerhaus gar kein Platz mehr war. Harry grinste mich verlegen an.

Ich steckte den Kaffee unter die Jacke. Ich suchte was, das ich kaufen wollte, dann nahm ich die Schachtel mit den Teebeuteln.

Vera sagte: »Achtzig Pfennig.«

»Bitte.«

Frieder stellte den Joghurt ab: »Entschuldigung, der Herr?«

Er zeigte mit dem Löffelchen auf die Beule unter meiner Achsel.

»Du hast an was anderes gedacht. Du musst so aussehen, als ob du an was anderes denkst. Aber du darfst es nicht tun!«

Frieder hatte aus dem Klauen eine Wissenschaft gemacht. Er hatte sich quasi hochgearbeitet vom einfachen Ladendieb zum Klauprofessor.

Wir probten noch ein paar Mal, dann war Premiere. Es war ganz einfach.

Ich hatte die Hand noch in der Jacke drin, innen in der Jackentasche, als ich mich vom Kühlregal wegdrehte und direkt in die Augen der Verkäuferin sah. Sie stand am Ende des Ganges.

Ich lächelte, so zerstreut ich konnte. Dabei war ich noch nie so konzentriert wie in diesem Moment. Die Salamipackung rutschte in die Jackentasche und plumpste durch das aufgeschnittene Futter in die Jacke hinein.

Hinter der Verkäuferin stand Frieder. Ein Klotz Emmentaler, in Plastik eingeschweißt, verschwand im Poncho.

Ich bezahlte irgendwas, ein Mars oder einen Kaugummi.

»Wiedersehen!«

PFEIL. AUSGANG.

Die Tür.

PUSH. DRÜCKEN.

Ich drückte.

Ich stand auf dem Dorfplatz.

Zwischen den Autos ragte der Weihnachtsbaum in den Himmel, dunkelgrün. Er war noch nicht geschmückt. Er glänzte vom Regen.

Ich rannte davon, so langsam ich konnte. Hinter einem VW-Bus blieb ich stehen.

Ich tastete nach der Salami.

Ich hätte noch viel mehr umsonst bekommen können! Noch mehr Salami. Eine Flasche von dem teuren Likör. Oder was ganz Kleines. Ein Gläschen Kapern oder so.

Die Welt stand mir offen. Klauen können, das war wie Radfahren können. Wie trampen. Umsonst bis ans Ende der Welt. Was machte man eigentlich mit Kapern?

Ich wartete auf Frieder. Ich schaute vorsichtig am VW-Bus vorbei. Frieder kam nicht aus dem Laden raus. Ich ging in einem großen Bogen um den Dorfplatz und um die abgestellten Autos herum, bis ich wieder am Supermarkt stand.

Ein dunkelgrüner VW Käfer hielt direkt vor der Tür. Bogatzki stieg aus, sagte »Grüß Gott!« und verschwand im Laden. Wenigstens war das Blaulicht nicht an.

Ich fragte mich, an was Frieder gedacht hatte, als sie ihn erwischten.

*

Frieder hatte den Hügel erobert. Er stand oben mit ausgebreiteten Armen, dann kippte er nach vorn auf den Schlitten und schoss bergab, zwischen den Stämmen der Obstbäume durch. Mit den dicken Klamotten am Leib und der Fellmütze auf dem Kopf sah er aus wie ein rodelnder Riesenteddy.

Links und rechts von Frieders Schussbahn eierten die Grundschulkinder hangabwärts.

Dann lagen wir nebeneinander im Schnee, die Beine hochgestellt am Stamm eines Baums. Über den schwarzen Ästen, am Himmel, kreuzten sich zwei Kondensstreifen. Sie wurden langsam breiter und an den Rändern weicher.

Ich sah aus dem Augenwinkel, dass Frieder mich anschaute.

Ich sagte: »Und?«

Ich hörte einen Düsenjäger zischen, es knallte, der Baum zitterte, das Zittern ging in die Beine. Schnee rieselte runter auf uns.

Frieder sagte: »Wenn meine Eltern das mitkriegen, schmeißen sie uns raus. Ein Dieb ist für die schlimmer als ein Selbst-mörder.«

Es ärgerte mich, dass er das so gelassen sagte. Als ob ein Rausschmiss für ihn gar nicht so schlimm wäre, weil er ja eine Alternative hatte. Sogar zwei: Suizid oder zurück in die Klapse.

Es ärgerte mich sehr.

Noch ein Düsenjäger. Es knallte.

Warum fiel Frieder das Klauen so leicht? Er hatte überhaupt keine Angst, erwischt zu werden. Sogar jetzt, wo sie ihn er-wischt hatten, klaute er weiter, in anderen Läden.

Ihm machte nichts mehr richtig Angst, weil er schon mal ge-wonnen hatte gegen die allergrößte Angst, die es gab.

Ich sagte: »Wenn du mal in Lebensgefahr bist, ganz plötzlich, ins Eis eingebrochen oder so. Soll ich dich dann retten? Oder bist du dann sauer?«

Frieder dachte nach.

Nach einer ziemlich langen Zeit sagte er: »Kannst mich ruhig retten, glaube ich. Ich will es mir schon selber aussuchen.«

Ich sagte: »Du hast dir doch vorgestellt, wie das hier weiter-geht ohne dich.«

Frieder: »Wer sich so was fragt, der macht es nicht. Der glaubt ja, dass es auf ihn ankommt.«

»Aber die Beerdigung, die hast du dir vorgestellt.«

Frieder kicherte: »Die belämmerten Gesichter. Den blöden Hoffmann und so.«

Das Kondensstreifenkreuz hatte sich aufgelöst. Dafür waren neue Streifen erschienen, ganz dünne.

Ich sagte: »Und was für einen Sarg?«

»Egal, Hauptsache, er ist noch offen, wenn die Leute drumrum stehen. Damit ich die belämmerten Gesichter sehen kann.«

Ich sagte: »Deine Augen sind zu, wenn du im Sarg liegst. Erstens. Zweitens bist du tot. Also entweder tot sein, oder belämmerte Gesichter sehen. Beides zusammen geht nicht.«

Frieder sagte: »Jedenfalls nicht so eine Wohnzimmerschrankwand, deutsche Eiche oder so was. Die Moslems nähen ihre Leichen in Säcke ein, das find ich gut. Wie so eine Maultasche. In Tibet legen sie die Toten auf einen Berg und lassen sie von den Geiern abnagen. Das find ich nicht so gut.«

Frieder sagte: »Wie würdest du dich denn umbringen?«

Ich sagte: »Alk und Kälte. Mit einer Flasche Wodka in der Nacht aufs Feld, wenn minus zwanzig Grad angesagt sind. Oder zwei. Flaschen.«

Frieder sagte: »Suizid nach dem Wetterbericht. So wird das nie was.«

Ich sagte: »Wie ist das eigentlich? Also der Moment, wenn man die Tabletten runterschluckt?«

Frieder sagte nichts. Wahrscheinlich dachte er nach.

Harry kam von der Schlittenbahn rüber. Er zog zwei Schlitten, die waren hintereinandergebunden. Auf dem einen saß Cäcilia, auf dem anderen Vera.

Vera sagte: »Wir gehen nach Hause. Plätzchen backen.«

Harry sagte: »Kommt ihr mit?«

In der Küche war es warm.

Harry rührte den Teig.

Frieder suchte das Nudelholz.

Vera goss Kaffee ein.

Frieder fand kein Nudelholz, bloß eine leere Weinflasche.

»Tut's auch«, sagte Harry.

Cäcilia legte Orangenschalen auf die Ofenplatte.

Ich machte die Augen zu. Vom Ofen strahlte die Wärme rüber. Die Wärme roch ganz fruchtig. Die anderen murmelten durcheinander.

Der Geruch.

Die Stimmen.

Die Wärme.

Die anderen gaben acht auf mich.

Ich hatte die Augen geschlossen. Ich sah es ganz deutlich: Die Küchentür ging auf. Da stand Doris Day in einem grünen Kostüm.

»Einen wunderschönen guten Abend, ihr Lieben!«, flötete sie und stellte eine prall gefüllte Packpapiertüte neben den Kühlschrank.

Sie lächelte. Keck. Sie nahm Harry die leere Weinflasche aus der Hand und fing an, den Plätzchenteig auszurollen. Dabei sang sie leise: »Whatever will be, will be.«

Ihre Farben waren schon ein bisschen blass.

*

Soll ich noch was nachlegen?«, fragte ich.
»Ich geh bald ins Bett«, sagte Frieder.
In der Küche war es schon ziemlich kühl.
Frieder sagte: »Aber das Nudelholz hier, das trinken wir noch aus.«
Er goss sich ein Glas Imiglykos ein.
Ich zog noch ein Plätzchen aus der Schüssel. Wir hatten welche mit Zuckerguss gemacht und welche mit Schokostreuseln.
Ich sagte: »Saulecker.«
Ich nahm noch eins.
Ich sagte: »Dabei gehen die so einfach.«
Frieder guckte mich kurz an.
Ich sagte: »Und?«
Frieder: »Wie das ist?«
»Mhm.«
»In dem Moment, wo ich die Tabletten runtergeschluckt habe, da war ich irgendwie ganz da. Alles war gut. Ich war ganz selbstbewusst oder so. Wenn ich so ein Gefühl immer

hätte, hätte ich die Tabletten gar nicht geschluckt. Aber um es zu haben, musste ich die Tabletten schlucken.«

Ich sagte: »Aber du weißt doch, dass gleich alles vorbei ist.«

»Eigentlich ist es schon vorbei in dem Moment, wo du die Dinger schluckst. Dann hast du dich schon damit abgefunden. Du machst kein Abi mehr. Du wirst nie wegziehen. Du wirst nie wissen, wie das ist, mit einer Frau zu schlafen. Und das ist alles egal. Du bist ganz bei dir.«

Ich traute mich nicht zu fragen. Aber dann fragte mein Mund von ganz allein: »Und, wie ist das, mit einer Frau zu schlafen?«

Frieder sagte: »Woher soll ich das wissen? Du bist der mit der Freundin.«

»Du hast mit Pauline gar nicht geschlafen?«

Frieder wieherte.

Er sagte: »Nein. Zu schön.«

»Hä?«

»Mann, die war so perfekt, dass ich mir nicht mal einen runterholen konnte, wenn ich an sie gedacht habe!«

Pauline war wirklich ziemlich symmetrisch gewesen. Mittelscheitel, ganz gerade Zähne und so. Frieder hatte recht, sie sah perfekt aus. Aber ich konnte nicht verstehen, was für einen Schluss er daraus zog. Ein Mädchen war ja keine Münze, die erst interessant wurde, wenn sie schon abgewetzt war oder ein paar Macken hatte. Ein Mädchen konnte das, was sie erlebt hatte in ihrem Leben, ja wirklich erzählen, also mündlich. Da musste man die Erlebnisse nicht außen ablesen.

Egal.

Frieder: »Sie spricht sogar Hochdeutsch!«

Ich: »Aber sie ist verrückt! Ich meine, wirklich verrückt. Mit Stimmenhören und dem ganzen Scheiß. Reicht das nicht?«

»Das sieht man ja nicht. Und sie redet nicht darüber.«

»Eine Frau muss also quasi einen Makel haben, den man richtig sehen kann, damit du sie makellos findest?«

Frieder: »Einen oder mehrere. Besser mehrere. Ich finde Makel geil.«

Ich sagte: »Wie verhütet man eigentlich im Irrenhaus?«

Frieder sagte: »Pauline hat mal gesagt, die Frauen bekommen eine Spritze, alle paar Wochen.«

Ich setzte mein Glas an, aber es war leer. Ich kippte den Kopf nach hinten, schlürfte einen Tropfen mit viel Luft ein und schluckte. Ich schenkte noch mal ein.

Ich war mir nicht sicher, ob ich jetzt nicht zu viel verriet.

Ich sagte: »Ich muss dir was sagen.«

Frieder hatte schon so viel von sich verraten, da war es eigentlich richtig, wenn ich auch was zugab.

Frieder sagte: »Du hast gemerkt, dass du auch schwul bist, und hast dich in mich verknallt.«

Ich sagte: »Träum weiter.«

Ich trank einen Schluck. Wenn man gerade ein Plätzchen mit Zuckerguss gegessen hatte, war der Wein gar nicht mehr so süß.

Ich: »Es passt jetzt nicht richtig. Oder, eigentlich passt es schon, irgendwie.«

»Aha.«

»Ich hab ja auch noch nie.«

Frieder schnallte nicht gleich, wovon ich sprach.

Er sagte: »Reimt sich.«

Ich sagte: »Was?«

Frieder: »Irgendwie, hab noch nie. Reimt sich.«

Auf einmal rief er: »Aber ihr seid doch schon seit Monaten zusammen!«

Ich sagte: »Sie will halt noch nicht. Und ich bin mir auch nicht sicher.«

»Aber sie macht doch dauernd mit anderen Typen rum!«

Ich sagte: »Das ist was anderes. Mit mir ist sie zusammen! Sie sagt immer, Liebe ist kein Kuchen, der weniger wird, wenn man ihn teilt.«

»Hat sie doch recht.«

»Ja.«

Frieder sagte: »Soll ich noch was nachlegen?«

Ich sagte: »Ich geh bald ins Bett. Die Nudelhölzer sind auch alle leer.«

Inzwischen war es ganz schön kalt in der Küche.

Eine Weile guckte jeder vor sich hin. Ich hatte Frieder noch nie gefragt, was er eigentlich nach dem Abi vorhatte. Bei mir war gar nicht klar, ob ich das Abi überhaupt schaffen würde, aber Frieder hatte es jetzt schon so gut wie geschafft, ein halbes Jahr vorher.

Frieder sagte: »Weiß nicht. Fahrradmechaniker vielleicht.«

Frieder sagte: »Was guckst du so?«

Ich musste kichern.

»Was gibt's da zu lachen?«

Aber dann kicherte Frieder selbst. Ich musste noch mehr kichern, und dann liefen uns die Lachtränen übers Gesicht. Fahrradmechaniker, das war quasi so kompliziert wie Straßenfeger. Dafür hätte Frieder wahrscheinlich nicht mal einen Hauptschulabschluss gebraucht. Fahrradmechaniker, das war für einen, der das Abi mit Einskommabisschen machte, obwohl er kurz vorm Abi noch mal eben in der Klapse war und weiß Gott anderes um die Ohren hatte, als sich mit irgend so einem Schulkram zu beschäftigen, und der ohne Probleme Matheprofessor oder Atomphysiker oder so was hätte werden können, Fahrradmechaniker war für so jemanden der abwegigste Beruf überhaupt.

Und gleichzeitig lag es so nahe.

Es war, als wäre die Idee quasi von uns weggegangen und einmal um die ganze Erde gewandert. Wir hatten sie schon lang vergessen, aber jetzt, in diesem Moment, heute Abend hier in der Küche, tippte sie uns total überraschend von hinten auf die Schulter.

Wir erschreckten uns wahnsinnig.

Und im nächsten Moment lachten wir vor Erleichterung wie die Wahnsinnigen.

Fahrradmechaniker, das war so logisch und so hundertprozentig richtig, dass wir beide, Frieder und ich, das Gefühl hatten, gerade eben, in diesem Moment, sei uns der Sinn des Lebens offenbart worden.

Und wenn einem auf einmal der Sinn des Lebens klar wurde, dann war das der beste Witz überhaupt.

Wir prusteten und schauten uns an, dann lachten wir leiser, der Lachkrampf ließ nach, aber auf einmal wieherte Frieder wieder los und riss mich mit.

Wir saßen völlig krumm auf unseren Stühlen und hielten uns die Hände vor den Bauch, weil der schon wehtat.

»Fahrradmechaniker«, sagte Frieder, als er wieder schnaufen konnte, »das hat doch der liebe Gott auch als Erstes gelernt. Bevor er's Abi nachgemacht hat, oder?«

In der Nacht wachte ich auf.

Das Haus hatte Fensterläden aus Holz außen dran. Im Winter klappten wir die abends zu, dann hielt sich die Wärme besser in den Zimmern.

Dadurch war es stockdunkel. Bloß durch die Fingerlöcher in den Fensterläden kam ein bisschen Licht rein, von der Straßenlaterne oder vom Mond. Jedes Fenster hatte in der Mitte zwei helle Augen, die reinguckten.

Ich schlurfte zum Klo. In der Küche war Licht. Ich sah Frieder am Tisch sitzen, als wartete er darauf, dass sich wer zu ihm setzte. Er hatte seinen Parka angezogen und seine Bommelmütze aufgesetzt.

Nur sein Unterarm bewegte sich. Wie eine Bahnschranke. Auf. Zu. Mund. Aschenbecher. Mund. Aschenbecher.

Ich wollte nicht schon wieder ein ernstes Gespräch führen. Diese Gespräche drehten sich im Kreis, hatte ich mal zu Frieder gesagt. Frieder sagte, das sei kein Kreis, sondern eine Spirale. Wir kämen dem Zentrum immer näher.

Frieder senkte die Zigarette und sagte laut: »Jedenfalls, wenn ich es noch mal mache, kannst du nichts dafür.«

*

Frieder blieb ein Bauer, und ich blieb auch ein Bauer. Er zuhause, ich in der Hühnerfarm. Er half umsonst in der Familie, ich bekam von irgendwem Geld.

Frieder war fast jeden Abend im Stall. Danach duschte er, zuhause, bei seinen Eltern. Er spülte sich den Kuhstallgestank von der Haut und aus den Haaren. Dann fuhr er mit dem Fahrrad nach Hause, ins Auerhaus.

Ich schob mein Rad aus dem Stall. Es war ziemlich kalt, minus zehn Grad oder so. Frieder kam angeradelt, er trug keine Mütze.

Er sagte: »Guten Abend. Ich komme geradewegs aus dem Feudalismus. Sind Sie bereits auf dem Weg in die Industriegesellschaft?«

Er kicherte mit geschlossenem Mund. Die Schultern wackelten, auf dem Kopf zitterten die gefrorenen Locken. Tausend winzige Glöckchen klirrten.

Ich fuhr zur Arbeit.

*

Am 24. Dezember war ich zuhause. Das heißt, ich war bei meiner Familie. Zuhause war ich eigentlich im Auerhaus. Aber das verstanden bloß die, die auch im Auerhaus zuhause waren. Deswegen bedeutete »zuhause« immer »Familie«, wenn wir mit irgendwem redeten, der nicht im Auerhaus zuhause war. Aber wenn wir mit wem redeten, der auch im Auerhaus zuhause war, bedeutete »zuhause« immer das Auerhaus.
Egal.
Ich ging in mein Zimmer, da lag meine Schwester auf dem Bett und guckte fern mit meinem tragbaren Fernseher. Ich hatte nicht gewusst, dass das jetzt ihr Zimmer war. Die beiden Mädchen hatten sich immer ein Zimmer geteilt. Bis ich auszog. Jetzt hatte jede ihr eigenes. Und die, die alt genug war, den F2M2 blöd zu finden, hatte meinen Fernseher geerbt. Dass sie jetzt scheißallein auf ihrem Scheißbett lag und in den Scheißfernseher glotzte, machte mich fertig.

Kurz nach drei kam meine Mutter von der Arbeit. Heiligabend war der beschissenste Arbeitstag im Jahr. Sie stand um fünf auf, war um sechs im Laden, füllte Ware auf und bearbeitete Bestellungen, und um sieben überschwemmten die Kunden den Supermarkt. Sie rannte zwischen den Regalen rum und stand hinter der Käsetheke und saß an der Kasse, ohne Pause bis um zwei.

Meine Mutter setzte sich in der Küche an den Tisch.

»Na?«, sagte sie. »Wieder mal daheim?«

Dann fielen ihr die Augen zu.

Später zog ich die Haut von den Kartoffeln. Die Schwestern schnitten Zwiebeln. Es gab Kartoffelsalat mit Würstchen.

Um 18 Uhr war Bescherung. Ich schenkte meiner Mutter eine ziemlich teure Salbe für die Beine und dem F2M2 die Mona Lisa von »Malen nach Zahlen«. Die Schwestern bekamen jede einen Walkman. Und Kassetten. Die große irgend so eine aktuelle Teeniemusik, die kleine ein Hörbuch. Ich konnte ihr ja nicht mehr vorlesen.

Ich hatte meine neuen Fähigkeiten, was den Erwerb des Lebensunterhalts anging, schnell erweitert, und auch meine Ausrüstung hatte ich verbessert. Jetzt hatte ich nicht bloß eine Jacke, bei der in der Innentasche das Futter aufgeschnitten war, sondern auch eine Einkaufstasche mit einem doppelten Boden.

Meine Mutter sagte: »Wo hast du denn das Geld her?«

Aber dann quatschte zum Glück der F2M2 dazwischen, und sie vergaß die Frage.

Gleich nach der Bescherung musste ich wieder los. In der Stadt gab es ein Weihnachtsessen für Alte und Obdachlose. Ich hatte mich gemeldet, um mitzuhelfen. Essen austeilen, mit den Leuten reden und so.

Ich war zwar zuhause ausgezogen, also bei meiner Familie, nicht im Auerhaus, aber um an Heiligabend nicht bis zum Streit bleiben zu müssen, brauchte ich schon wieder eine Ausrede. Gutes tun war die beste Ausrede überhaupt. Wahrscheinlich wurde die ganze ehrenamtliche Arbeit an Weihnachten von Leuten gemacht, die es zuhause nicht aushielten.

Ich wollte in die Stadt trampen, aber das war aussichtslos. An Heiligabend-Abend war kein Mensch unterwegs. Und die, die unterwegs waren, fuhren einfach vorbei. Die Arschlöcher konnten ja nicht wissen, dass ausgerechnet ich das Jesuskindlein unterm Herzen trug. Ich ging die paar Kilometer zu Fuß, im Straßengraben. Der Boden war gefroren, und ich stellte mir vor, wie ich eine tiefe zugefrorene Pfütze übersah und ins Eis einbrach.

Ich lag im Graben. Ich konnte nicht mehr aufstehen. Das Schienbein war glatt durch, der Unterschenkel stand ganz komisch ab, im rechten Winkel. Ein wahnsinniger Schmerz. Ich schrie wie am Spieß, aber niemand hörte mich. Meine Kraft ging zu Ende. Ich schrie bloß noch, wenn ich ein Auto hörte. Das Licht der Scheinwerfer streifte über den Graben, aber es erreichte mich nicht. Dann wurde ich bewusstlos. Ich erfror. Ein junger Mann erfror an Heiligabend allein im Straßengraben, während andere sich unterm Weihnachtsbaum im Kreise ihrer Lieben wärmten. Der junge Mann hatte in die Stadt gewollt, um den Ärmsten zu helfen, aber niemand hatte ihn mitnehmen wollen. In einem der reichsten Länder der Welt. Die Titelseite vom Lokalteil war mir sicher. Vielleicht sogar mit Foto.

Jedenfalls, ich kam reichlich spät am Gemeindesaal an. Die Tische waren schon gedeckt. Weiße Stofftischdecken, darauf Teller und Besteck und Gläser, alles angeordnet wie in einem Sternerestaurant.

Ich schob ein Wägelchen mit Saft- und Wasserflaschen rum und schenkte ein.

An manchen Tischen saßen bloß alte Frauen, die meisten mit Kopftüchern. Um einen Tisch, der ganz am Rand stand, saßen die Penner aus der Fußgängerzone.

Ich stellte eine Schüssel mit Blaukraut auf den Tisch. Dann wollte ich die Gans tranchieren.

Eine wahnsinnig alte Dame mit wahnsinnig tiefen Falten im Gesicht lächelte höflich. Der Kragen von ihrem Kostüm war schon ziemlich abgewetzt, das sah man auf zwei Meter Entfernung. Sie fragte freundlich: »Haben Sie das schon einmal gemacht, junger Mann?«

Ich setzte die Geflügelschere an. Die eine Klinge schob ich vorsichtig in den Po der Gans. Das ging eigentlich ganz einfach.

Die Dame schrie: »Halt!«

Eine tiefe, alles durchdringende Stimme. Sie nahm ein Messer und zerlegte das Tier mit wenigen Schnitten. Keulen, Flügel, Brustfleisch.

Ich holte eine neue, ganze Gans.

Ich sagte zu der alten Dame: »Können Sie die bitte auch zerlegen?«

Dann trug ich die tranchierte Gans zum Pennertisch.

Einer, dem die glattgekämmten, fettigen Haare am Kopf klebten, nickte mir zu, als ob er mich kannte.

Er sagte: »Jetzt wird man von den Herren Oberschülern bedient. Das lass ich mir gefallen!«

Er keckerte heiser.

Ich hasste es, als Oberschüler angeredet zu werden. Das erinnerte mich an den F2M2. Es klang wie ein Titel, wie Doktor oder Bürgermeister, aber es war nicht freundlich gemeint. Ich atmete durch und versuchte, den Ärger runterzuschlucken.

Er sagte: »Du sitzt immer auf dem Beton, da bei der Auschwitz-Apotheke.«

Der Typ redete wirr.

Er verstand, dass ich nichts verstand.

Er sagte, in einem Tonfall, als müsste ich wissen, wovon er sprach: »Die Rathaus-Apotheke, in der Fußgängerzone. Die gehört dem Apotheker von Auschwitz. Hat gehört. Er ist ja gestorben, gerade. Der ist nach dem Krieg hierhergezogen. Und hat die Apotheke gekauft. Er hat sie mit reinem Gold bezahlt. Mit Zahngold. Hat gedacht, er kommt durch damit. Hat er sich geschnitten.«

Das klang alles so runtergerattert und ausgedacht. Ich war mir sicher, wenn das stimmte, dann hätte ich schon mal davon gehört.

Der Penner: »Fünf Jahre war er im Bau dafür. Als sie ihn entlassen haben, am gleichen Tag noch, ist er in die Stadtkirche zum Weihnachtskonzert. Die Leute sind aufgestanden und haben geklatscht.«

Eine junge Frau am Tisch hörte zu, aber sie schaute mehr auf mich als auf den Penner. Sie war die einzige junge Frau im Saal, deswegen war sie mir schon vorher aufgefallen. Und sie hatte eine Glatze.

Die Augen und die Wimpern kamen mir bekannt vor. Der Mund kam mir auch bekannt vor.

Ich sagte: »Pauline?«

Sie zog die Augenbrauen hoch. Da waren keine Härchen mehr. Da waren bloß so dunkle Striche aufgemalt.

»Was hast du mit deinen Haaren gemacht?«

»Angezündet.«

Pauline sah mit Glatze noch schöner aus als vorher, noch symmetrischer. Ihr Kopf war ganz rund und von einer wahnsinnig zarten Haut überzogen. Und man konnte ihre wahnsinnig schönen Augen viel besser sehen. Und die Ohren. Perfekt geformte Ohrmuscheln, mir fiel das Wort »Knorpel« ein, »Knorpelgewebe«, was für ein scheußliches Wort, aber ich konnte es wieder wegschieben. Diese Ohren, die hatte man vorher quasi gar nicht sehen können.

Mein Herz klopfte hoch bis in die Nasennebenhöhlen. Ich

hatte Angst, Pauline könnte hören, wie mir das Blut durch den Leib zischte.

Ich sagte: »Du machst lieber dich selbst kaputt als was anderes?«

Pauline sagte: »Blöd, oder?«

Pauline war kurz vor Weihnachten aus der Psychiatrie entlassen worden. Ins Jugendheim konnte sie nicht mehr zurück, weil sie inzwischen volljährig war. Jetzt wohnte sie in einem Übergangsheim. Ich hatte null Ahnung, was das heißen sollte. Übergang wohin?

Dann sprach eine Nonne in ein Mikrofon. Sie begrüßte die armen Schweine, aber sie nannte sie anders. Dann betete sie das Vaterunser. Die meisten beteten mit, sogar die am Pennertisch.

In Gedanken betete ich auch mit, Wort für Wort. Aber ich machte den Mund nicht auf. »Lügen darf man nicht.«

Zum Nachtisch gab es Fürst-Pückler-Eis, dann wurden die Geschenke verteilt. Eine blaukarierte Tüte für die Männer, eine rotkarierte für die Frauen.

Pauline kippte die Tüte auf den Tisch. Ein Schokoladenweihnachtsmann, drei Mandarinen, ein kleines Päckchen Kaffee, eine Plastikflasche mit Haarshampoo. Wir mussten beide kichern.

»Was macht Frieder?«, fragte Pauline.

»Der ist bei seinen Eltern. Wie alle. Na ja, fast alle. Wir treffen uns nachher im Auerhaus.«

»Auerhaus?«

»Wie Auerhahn. Weil bei uns immer der Song läuft, von Madness.«

»Blöder Witz.«

»Ist nicht von uns. Die Leute im Dorf nennen uns so. Die können kein Englisch.«

Erst versuchten wir zu trampen, dann gingen wir zu Fuß. Auf dem Dorfplatz leuchtete der Weihnachtsbaum. Es begann zu schneien.

Vera und Cäcilia waren schon zuhause. Vera beugte sich gerade aus dem Küchenfenster. Cäcilia saß am Tisch, vor sich eine Kanne Tee und die leere Zaziki-Schüssel.

Wir aßen seit Wochen Zaziki. Das war meine Schuld. Ich hatte zum Abendbrot Zaziki gemacht, nach einem Rezept von Frieder. Als Frieder nach Hause kam, sagte er: »Wie viel Knoblauch ist denn da drin?«

Ich sagte: »Fünf Knollen. Hast du doch selbst gesagt.«

»Zehen!«, rief er. »Fünf Zehen!«

Ich sagte: »Ist doch dasselbe.«

Frieder sagte: »Na klar. Zehe, Fuß, Bein, alles dasselbe. Mensch, du hast zehnmal so viel Knoblauch genommen, wie du brauchst!«

Ich kaufte ein paar Liter Joghurt, raspelte fünf Salatgurken und kippte alles in die riesige Emailleschüssel, in der Frieders Großvater immer die Innereien der frisch geschlachteten Schweine aufgefangen hatte.

Wir füllten das Zaziki in Plastikbeutel und froren es ein.

Jedenfalls, Vera beugte sich aus dem Fenster und zog einen neuen Beutel Zaziki-Eis rein. Sie wischte den Schnee vom Beutel, riss ihn auf und legte den Klotz in die Schüssel.

Dann sagte sie: »Frohe Weihnachten, Pauline! Was hast du mit deinen Haaren gemacht?«

Vera wollte heute noch baden. Der Dampf aus dem Wasserkessel schlug sich am Fenster nieder. Tropfen rannen die Scheiben runter, das Wasser floss in die Lappen auf der Fensterbank.

Vera trug bloß ein Unterhemd. Wenn ich an der Achsel reinguckte, sah ich den Ansatz ihrer Brust. Vera jammerte immer, was für kleine Brüste sie hätte, aber ich fand sie völlig okay. Ich war mir nicht sicher, ob das nicht vielleicht daher kam, dass ich noch gar nicht so viele Brüste in echt gesehen hatte und deshalb gar nicht auf die Idee kam, Veras Brüste mit den Brüsten von irgendwem anders zu vergleichen. Jedenfalls, die von Pauline und Cäcilia waren auch nicht größer.

Egal.

Wenn wir Wasser zum Waschen oder Baden brauchten, machten wir es auf dem Küchenherd warm. Das war der einzige Ofen im Haus, der funktionierte. Jetzt im Winter stand auf dem Herd immer ein riesengroßer Topf mit heißem Wasser, 30 Liter oder so.

Wenn ich später an die Zeit im Auerhaus dachte, sah ich dieses Bild vor mir: eine Küche voller Wasserdampf, und am Fenster lief das Kondenswasser runter.

Aus dem Recorder klirrte das Mixtape.

Pauline sagte: »Als ob ihr euch da draußen irgendwelche Erfrierungen geholt hättet, so sitzt ihr da.«

Vera: »Ich hab mir das Hirn erfroren bei meinen Eltern.«

Cäcilia sagte leise: »Ich das Herz.«

Das war wieder typisch Cäcilia.

Pauline: »Hä?«

Vera: »Das Herz! Sie das Herz! Erfroren!«

Draußen läuteten die Kirchenglocken.

Pauline legte ein Scheit ins Feuer. Sie blieb in der Hocke und guckte in die offene Herdtür.

Sie sagte: »Feuer macht alles heil. Wenn die Sachen verbrennen, das ist, als ob das Feuer ein verhunztes Bild übermalt. Das ist so schön.«

Ich drehte die Musik lauter. Im gleichen Moment ging das Licht aus, und die Musik war weg.

Ich bekam einen Riesenschreck: »Dieser alte Scheißrecorder, sag ich's doch! Man muss ja direkt froh sein, wenn der einem nicht vor der Nase explodiert!«

Es war stockdunkel.

Und still.

Ich sagte: »Hallo, ist hier noch wer?«

Eine Stimme begann, »Stille Nacht« zu summen. Dann noch eine Stimme und noch eine. Alle drei Frauen summten »Stille Nacht«.

Pauline spielte mit den Händen vor der Herdtür. Ein Schattenengel, ein Schattenschaf. Ein Schattenhund, der bellte.

Vera stand am Fenster und wischte ein Loch ins Kondenswasser.

»Beim Seidel ist es auch dunkel. Die Straßenlampen sind
aus.«

Sie zündete Kerzen an.

»Vier!«, rief Cäcilia. »Dann haben wir doch noch einen Ad-
ventskranz!«

Unten quietschte das Türschloss. An der Tür quietschte alles.
Der Drücker quietschte, der rostige Riegel, die Scharniere,
und weil das Holz gequollen war von der feuchten Luft,
knarrte und quietschte die Tür auch unten auf den Fliesen.

Es gab irgendwo einen Schlüssel, aber wir schlossen nie ab,
weil wir befürchteten, dass wir die Tür dann nie wieder würden aufschließen können.

Ein Mann weinte laut, dann stampfte er auf der Treppe. Stille.

Dann weinte der Mann wieder.

Vera ging raus in den Hausgang.

Dann rief sie: »Kommt!«

Vera leuchtete runter. Auf den Stufen lag Frieder.

Ich: »Weint er?«

Vera: »Er lacht.«

Frieder lag auf dem Rücken, den Kopf treppauf. Unter der
Bommelmütze kniff er die Augen zusammen. Er kicherte:
»Ich hab's gemacht! Ich hab's gemacht!«

*

Die Haustür knarrte, als ich vom Dorfplatz zurückkam. Frieder saß in der Küche. Er kicherte immer noch.

Cäcilia guckte sauer.

Vera sagte: »So ein Quatsch! Das ist doch nichts Christliches! Das kommt von den Germanen. Hatte Jesus vielleicht einen Weihnachtsbaum? Für jedes Jahr eine Kerze, und dann musste er pusten? So ein Quatsch.«

Wir kippten den Einmachkessel in die Badewanne, dann füllten wir ihn wieder mit dem Brauseschlauch und schleppten ihn zum Herd. Erst badete Vera. Nach ihr Cäcilia, dann Pauline. Zwischendrin kippten wir heißes Wasser nach. Ich versuchte, nicht hinzuschauen.

Hinterher saßen sie mit nassen Haaren am Küchentisch, Vera und Cäcilia. Pauline mit trockener Glatze. Frieder grinste selig.

»Ich hab's gemacht!«

Wir schraubten gerade die zweite Flasche Imiglykos auf, da stand Harry in der Küchentür. Er hatte Flecken im Gesicht, rote und blaue. Unter der Nase eine braune Kruste. Und zwei

Veilchen um die Augen. Das sah aus, als würde er eine lila Brille tragen.

Harry: »Ich hab's meinem Vater gesagt.«

Eine lila Schwulenbrille.

*

Harry ging nicht mehr nach Hause. Er legte in der Schlachteküche ein paar Styroporplatten auf die Fliesen, eine Decke
drauf, fertig. Das war jetzt sein Zimmer.
Pauline holte am nächsten Tag ihre Sachen aus dem Übergangsheim. Das war der erste Weihnachtsfeiertag. Sie richtete sich auf dem Heuboden ein.
Jetzt waren wir sechs. In Stück ein halbes Dutzend, in Pence
ein halber Shilling. Eine kleine Packung Eier.
Egal.

Ich sagte zu Frieder: »Eine Brandstifterin im Heu?«
Frieder war sauer: »Ach, jetzt ist sie für den Rest ihres Lebens eine Brandstifterin? Einmal Brandstifter, immer Brandstifter?«
Ich sagte: »Wahrscheinlichkeitsrechnung.«
Frieder: »Bin ich für den Rest meines Lebens ein Selbstmörder?«
Ich dachte: Ja, irgendwie schon. Er sah mich an. Er wusste,
was ich dachte.

Ich sagte: »Ein trockener Selbstmörder.«

Frieder sagte: »Sie wird es nicht lange aushalten hier. Sie hat es noch nie wo lange ausgehalten.«

Mir wäre es lieber gewesen, wenn Pauline in die Schlachteküche gezogen wäre und nicht Harry. Das wäre viel logischer gewesen. Da gab es Fliesen auf dem Boden und an den Wänden, und es gab sogar einen Wasserhahn im Zimmer und eine Blutrinne im Boden, in der das Löschwasser abfließen konnte. Wenn irgendwo in diesem Haus ein Zimmer existierte, das für eine Brandstifterin geeignet war, dann war das die Schlachteküche. Und wenn irgendwo in diesem Haus ein Raum existierte, der für eine Brandstifterin nicht geeignet war, dann war das der Heuboden.

Jedenfalls, jetzt war das letzte Zimmer im Auerhaus belegt, außer diesem seltsamen fensterlosen Raum. Harry nannte ihn »Darkroom«.

Wir hatten nie so richtig gewusst, was wir mit dem Raum anfangen sollten. Er war einfach immer mehr zugewachsen. Alles, was nicht gebraucht wurde, landete, manchmal auf dem Umweg über den Hausgang oder die Küche, in dem Raum ohne Fenster. Alte Bettlaken und Bezüge aus den Schränken, massive Bettgestelle, ein paar Federbetten, lange Bretter, große Töpfe aus angerostetem Metall, halbvolle Farbeimer, ein riesiger alter Fernseher, Teppichböden, Linoleumrollen. Und seit kurzem gleich hinter der Tür ein Stapel alter Stühle, ineinander verkeilt, der es fast unmöglich machte, überhaupt noch reinzukommen in den Raum.

Wir hätten das Zimmer ausräumen können, und dann hätte noch wer einziehen können, aber wir kamen gar nicht auf die Idee, dass auch in einem Zimmer ohne Luft und Tageslicht jemand hätte wohnen können.

Bis jetzt.

Ich sagte: »Besser als der Heuboden wär es schon.«

Frieder rief: »Niemand zieht in dieses Zimmer! Auf gar keinen Fall! Hier zieht niemand ein! Unten in den Keller zieht niemand ein, und hinten in den Hühnerstall, falls du auf die Idee kommen solltest, da zieht auch niemand ein!«

Ich hatte Frieder noch nie so brüllen hören. Er meinte es ziemlich ernst.

Natürlich hatte er recht, aber vom Keller und vom Hühnerstall hatte ich gar nicht gesprochen. Auf die Idee, dass da jemand wohnen sollte, wäre ich überhaupt nicht gekommen.

Der Keller hatte einen Fußboden aus Lehm. Er war so niedrig, dass man nicht aufrecht darin stehen konnte. Im Frühjahr, wenn der Schnee schmolz und der Mühlbach überlief, stand er immer unter Wasser. Die Wand war irgendwann mal geweißt worden, das konnte man noch erkennen, aber unten am Boden ging ein brauner Streifen ringsrum. So hoch stand im Frühjahr das Wasser. Wie mit der Wasserwaage hingemalt. Der Streifen war an der einen Wand viel breiter als an der anderen. Man konnte gut erkennen, wie der Kellerboden in die eine Richtung abfiel.

Im Kellerboden war ein Loch, das war abgedeckt mit einem vermoderten Brett. Frieder sagte, das sei mal so eine Art Kühlschrank gewesen für Karotten und Sellerie und so. Aber eigentlich war es eher so was wie ein Grab, in dem Sachen frisch blieben. Einmal lag eine tote nasse Ratte darin. Wie frisch gebadet und noch nicht geföhnt.

Der Hühnerstall war eigentlich ein richtiges kleines Zimmer, jedenfalls sah er von außen so aus. Er schien auf einer Wolke aus Brennnesseln zu schweben, aber er stand bloß auf hölzernen Stelzen. Eine verkackte Leiter ging hinauf.

Den Hühnerstall hatte seit Jahren niemand mehr geöffnet.

Egal.

Wenn im Keller und im Hühnerstall und im Darkroom niemand wohnen sollte, dann waren jetzt alle Räume belegt.

Nach seinem Ausbruch saß Frieder den Rest des Tages in der Küche und sagte kein Wort. Er lag fast auf dem Tisch, zusammengesunken. Alle halbe Stunde ging einer von uns rein und hantierte irgendwas am Kühlschrank oder an der Spüle.

»Frieder, was ist los? Alles okay?«

Frieder reagierte nicht.

Wir hatten keinen Schimmer, was los war.

Später schnitt Frieder Gemüse. Er setzte Kartoffeln auf, er rührte eine Käsesoße.

Wir saßen um den Tisch, vor uns das Essen.

Frieder sagte: »Lasset uns beten!«

Wir riefen: »Der Hunger treibt's rein, der Geiz behält's drin!«

Frieder sagte: »Amen. Wir müssen eine Silvesterparty feiern. Eine Silvesterparty und eine Einzugsparty für Harry und Pauline!«

Ich dachte, ich hör nicht richtig. Ich fand Partys ziemlich blöd, und Frieder fand das eigentlich auch. Ich dachte zumindest, dass er das dachte. Wenn wir mal auf eine Party gingen, setzten wir uns irgendwohin und blieben da sitzen. Ich trank Bier, und Frieder trank den Imiglykos, den er mitgebracht hatte. Wir unterhielten uns oder guckten geradeaus und beobachteten Leute, und manchmal kam irgendwer, den wir kannten, und setzte sich zu uns und unterhielt sich eine Weile mit uns oder guckte einfach mit uns eine Weile geradeaus.

Frieder sagte: »Tanzen und Knutschen, das hat der Teufel gemacht. Partys sind eine Sünde. Das ist der einzige Grund, warum ich hingehe.«

Wir guckten den anderen beim Sündigen zu, dann standen wir wieder auf und fuhren nach Hause. Wenn wir aufstanden, bevor die anderen gingen, war die Party nicht so gut. Wenn wir als Letzte gingen, war die Party ganz in Ordnung. Aber in unserem Fall war eine Party völlig überflüssig. Eine Party machte man, wenn man mal sturmfreie Bude hatte oder um neue Leute kennenzulernen. Aber wir hatten immer sturmfreie Bude. Und wir kannten uns schon alle. Genau genommen wohnten wir sogar zusammen.

Aber Vera und Cäcilia und Harry sagten »Super Idee!« und »Tolle Idee!« und »Geile Idee!«.
Bloß Pauline guckte erschrocken.

*

Aus der Schule kam praktisch die komplette Oberstufe, obwohl noch Ferien waren. Frieder hatte die halbe Psychiatrie eingeladen, Pauline die andere Hälfte. Wegen Silvester hatten sie Freigang bis um eins.

Dann kamen die Autos mit den Typen. Die meisten in kleinen Konvois, drei oder vier Autos auf einmal. Sie parkten erst neben dem Misthaufenmäuerchen, dann die ganze Straße entlang. Als die Straße voll war, parkten sie auch in den anderen Straßen. Die Autos hatten Nummernschilder aus Stuttgart und Ulm, sogar ein Auto aus Augsburg war dabei und eins mit einem französischen Kennzeichen. Sie brachten Sekt mit und Schüsseln mit Schokoladencreme, die sie »Mußoschokola« nannten.

Harry hatte offensichtlich alle Schwulen zwischen München und Paris eingeladen.

Ich sagte: »Wo ist er überhaupt?«

Frieder sagte: »Harry? Was erledigen, hat er gesagt.«

In diesem Moment bog wieder ein Konvoi um die Ecke. Vorneweg ein alter Amischlitten, ein Riesengerät. Ein Riesenblech vorn, ein Riesenblech hinten, und in der Mitte das Dach: ein Riesenblech.

Harry stieg aus der Kiste. Dann kletterten noch ein paar Typen raus.

Harry hatte immer rumgetönt, er werde sich bald ein Auto kaufen. Ganz egal, was für eins, bloß nicht zu klein und nicht zu sparsam.

Geglaubt hatte ihm das niemand. Mit dem bisschen Lehrlingsgehalt hätte er sich gerade mal ein Mofa leisten können. Und mit dem Dealen verdiente er eigentlich auch nicht so viel.

Ich sagte: »Was ist das denn?«, und bereute die Frage im nächsten Moment.

»Keksdose!«, sagte Harry. »Platz für fünf dicke Kekse. Oder sieben oder acht, aber dann krümelt's.«

Harry fummelte an einem Scheinwerfer rum, der auf das Dach montiert war. Er zog die Muttern fest.

Er sagte: »Cadillac Eldorado, Baujahr 72. Von einem Ami.«

Frieder sagte: »Einem Soldaten?«

Harry: »Gibt's andere?«

Unterm Dach, im Auto innen drin, war ein Griff. Mit dem konnte man den Scheinwerfer bewegen.

Harry: »Schwenken.« Der Scheinwerfer drehte sich.

»Kippen.« Der Scheinwerfer neigte sich vor und zurück.

»Ihr sucht doch dauernd nach dem Sinn. Hier, Suchscheinwerfer. Könnt ihr überall suchen damit.«

Harry hatte eine knallenge Jeans an, bei der die Beine abgeschnitten waren. Also richtig abgeschnitten, bis hoch zum Schritt. Darunter trug er eine schwarze Nylon-Strumpfhose. Obenrum hatte er ein rotes Netzhemd an, mit nichts darunter.

Vera und ich hatten in Berlin einen Mann gesehen, der so aussah. In Berlin konnte man in so einer Kluft vielleicht rumlaufen. Aber wenn Harry am helllichten Tag bei uns im Dorf so rumgelaufen wäre, dann hätte garantiert irgendwer die Polizei gerufen oder den Notarzt, und die hätten ihn ins Schwarze Holz gebracht.

Harry legte die Arme auf meine Schultern und säuselte: »Na, Süßer?«

Ich musste lachen. Ich konnte Harry ganz gut leiden, aber besonders anziehend fand ich ihn nicht. Ich wusste, dass Harry mich rumkriegen wollte. Als wir mal bekifft waren, hatte er das zumindest gesagt.

Mit den roten Lippen und dem Kajal unter den Augen sah er hübscher aus als sonst, aber das Netzhemd war echt zu albern. Küssen und Flirten und so was, das sollte man nicht ins Lächerliche ziehen, das war zumindest meine Meinung. Wenn das einer nicht ernst nahm, also wenn er zum Beispiel ein Netzhemd trug, törnte das total ab.

Ich sagte: »Ganz ehrlich, wenn ich schwul wäre, wärst du auf meiner Liste ganz oben.«

Harry sagte: »Ganz ehrlich, wenn meine Oma Räder hätte, wäre sie ein Omnibus.«

Die Party wurde immer voller, und das Gesumme der Leute wurde immer lauter. Ich wollte mich hinsetzen und einfach in Ruhe vor mich hin gucken. Aber immer, wenn ich Frieder überreden wollte, sich mit mir irgendwo hinzusetzen, sagte er »Gleich!« und war schon wieder weg.

Allein ging das nicht. Allein konnte man sich nicht hinsetzen und einfach in Ruhe vor sich hin gucken. Wenn man sich zu zweit hinsetzte und vor sich hin guckte, war das irgendwie lässig. Wenn man es allein machte, war man einfach ein Langweiler. Da hätte man sich genauso gut mit einem dicken Edding »Versager« auf die Stirn schreiben können.

Ich ging Frieder hinterher durchs Haus. Überall redete er mit wem. In der Küche tanzte er sogar.

In der Küche war Disco. Das hieß, auf dem Recorder lief die ganze Zeit unsere Mixkassette. Im Wasserdampf hüpften Muskelshirts und Netzhemden, und dazwischen wippte der Wollpullover von Frieder. Ein Typ rief ganz laut: »Ihr redet ja alle Dialekt! Das ist so süß!«

Auf der Treppe saßen die Verrückten und rauchten. Männer mit grauen Bärten und Frauen mit riesigen Augen hinter dicken Brillengläsern. Alle paar Minuten stand einer auf und ging in die Küche zu den Schwulen, um eine Zigarette zu schnorren.

Die Oberstufe stand in Harrys Zimmer, also in der Schlachteküche. Cäcilia hatte sogar den Zentralverriegelungsaxel eingeladen.

In der Blutrinne lagen die abgebrannten Kippen.

Axel lehnte an den Kacheln, guckte abwesend in den Raum und drückte dabei am Autoschlüssel rum.

Einer im Netzhemd kam rein und fragte nach Zigaretten. In der Küche gab es keine mehr, die Verrückten hatten den Schwulen alles weggeraucht. Dabei war es noch nicht mal Mitternacht. Das Netzhemd stellte sich zu Axel und schmachtete ihn an, so halb im Spaß. Axel verzog das Gesicht, aber das Netzhemd ließ nicht locker. Er sah lange auf Axels Autoschlüssel. Axel drückte weiter drauf rum.

Der im Netzhemd sagte: »Darf ich auch mal?«

Frieder wuselte weiter rum zwischen Schwulen, Verrückten und Oberstufe. Auf einmal zog er Leute hinter sich her.

»Das ist Frank. Frank ist aus Reutlingen. Frank, das ist Rainer. Rainer ist, glaub ich, psychotisch.«

Oder: »Katrin, kommst du mal bitte? Martin, das ist Katrin, Chemie-LK. Katrin, das ist Martin. Martin ist Zahntechniker.«

Frieder stellte wahllos Leute einander vor, und manchmal versuchte er sogar, sie mit irgendeiner ausgedachten Gemeinsamkeit zu verkuppeln: »Klaus, das ist Thomas. Thomas ist der größte Fan von Jack Nicholson, den man sich vorstellen kann. Außer dir vielleicht.«

Frieder sah, dass ich den Kopf schüttelte. Er blieb kurz stehen, riss die Augen auf und raunte: »Diffusion! Ich beschleunige die Diffusion!«

Im Haus war es saukalt, außer in der Küche oben. Wir hatten einen rostigen Ölradiator, der wurde durch die Zimmer geschoben, aber das nützte nicht viel. Man konnte gut auf ihm sitzen, dann war es warm, aber sobald man auch bloß danebenstand, war einem schon wieder kalt.

Um zehn vor zwölf wurde es unruhig in der Schlachteküche. Die Oberstufe ging als Erstes raus auf die Straße. Dann stolperten die Netzhemden die Treppe runter. Sie zogen die Verrückten mit.

Die Leute, die erst jetzt zur Party kamen, kamen gar nicht mehr ins Haus rein, weil so viele rauswollten. Sie blieben gleich draußen mit ihren Sektflaschen und ihrem schwulen Schokopudding.

Zentralverriegelungsaxel hatte an seiner Karre die Türen aufgemacht und das Radio aufgedreht. Aus den Boxen schepperte die Fanfare von »The Final Countdown«, dann wurde die Musik leiser, und ein Moderator sprach darüber: »Zehn, neun …«

Die ganze Straße zählte mit: »Drei! Zwei! Eins! Neujahr!«

Auf dem Asphalt standen Sektflaschen, daraus zischten die Raketen in den Himmel. Überall knallte es.

»It's the final countdown … The final countdown!«

Ich bekam eine Gänsehaut, und mir wurde schlecht. Weil das ja vielleicht wirklich so war. Dass das unser erstes und letztes Silvester miteinander war.

Vor dem Auerhaus, mitten im Dorf, stand jetzt die komplette Oberstufe des Gymnasiums Am Stadtrand, sämtliche Irren aus dem Schwarzen Holz, jedenfalls die, die Ausgang hatten, und alle Schwulen zwischen München und Paris. Jeder umarmte jeden.

Die Nachbarn guckten. Die Nachbarsmänner blieben angewurzelt stehen, die Nachbarsfrauen kamen rüber und stießen mit den Netzhemden aufs neue Jahr an. Die Nachbarskinder rannten mit den Verrückten um die Wette, bis zur Hauptstraße und wieder zurück.

Der Seidel kam aus seiner Hofeinfahrt und rief seinen Sohn. Der war vielleicht fünfzehn. Der Seidel scheuerte ihm eine, dass es klatschte, und schickte ihn ins Haus.

»It's the final countdown!«

Dass ich beim nächsten Silvester gar nicht mehr im Dorf war. Dass die WG rausgeschmissen wurde, weil Frieders Eltern doch noch was von dem Ladendiebstahl mitkriegten.

»The final countdown!«

Dass Vera und ich uns trennten.

Dass Frieder sich im nächsten Jahr umbrachte.

Ich setzte mich ins Auto. Der einzige Ort, an dem ich kurz verschnaufen konnte. Axel hatte die Musik ausgemacht. Jetzt stand er ein paar Schritte entfernt und zeigte den Kindern die Zentralverriegelung. Klick, offen. Klack, zu. Dann ging er ins Haus. Ich konnte die Autotür nicht mehr öffnen. Ich konnte nicht mehr atmen. Wenn ich atmete, verschwand die Luft aus dem Auto, das Auto wurde noch enger und zog sich zusammen, ich hatte das Armaturenbrett auf den Lippen, ich erstickte. Ich war lebendig begraben. Ich schlug mit der Faust gegen die Tür, auf das Armaturenbrett, auf das Lenkrad. Es hupte. Ich drückte die Stirn auf die Hupe, mit aller Kraft.

Nach einer Ewigkeit öffnete Axel die Autotür. Ich sah hoch, ich sah sein Gesicht. Ich sah runter, ich sah seine schwarz glänzenden Halbschuhe.

Als ich die Augen wieder aufmachte, waren die Schuhe weiß gesprenkelt. Sie standen in einer Lache aus Sekt und krümeligem Zaziki.

Ich wischte mir den Mund ab, sagte »Arschloch« und kletterte aus meinem Grab.

Eigentlich mussten sich ja immer zuerst die Paare ein gutes neues Jahr wünschen. Ich suchte Vera, aber ich fand sie nicht. Draußen war sie nicht, in der Schlachteküche auch nicht.

Ich klopfte Frieder auf die Schultern, »Gutes Neues!«, Cäcilia und Pauline küssten mich auf die Wange. Harry sah ich nirgends. Der hatte sich wahrscheinlich mit einem Kerl irgendwohin verdrückt.

Ich klopfte an der Tür von Veras Zimmer. Sie rief »Moment!«, dann klackerte der Schlüssel im Schloss, sie kam raus und flitzte in die Küche. Sie flitzte wieder zurück, sie hatte eine Packung Kondome in der Hand, aus dem Kühlschrank, gab mir einen Kuss, sagte »Gutes Neues!«, machte die Tür hinter sich zu und schloss ab.

Liebe war kein Kuchen, sagte Vera immer. Kein Kuchen, der immer weniger wurde, je mehr Leute davon was abbekamen. Ich fand das eigentlich gut, nicht eifersüchtig zu sein. Oder wenigstens nicht eifersüchtig sein zu wollen. Oder zu sollen.

Egal.

Nicht egal.

Ein Kuchen, der die Tür hinter sich abschloss. So ein Kuchen wurde nicht bloß weniger, so ein Kuchen war ja quasi gar nicht mehr da.

Ausgerechnet Harry. Ich hätte es verhindern können. Ich hätte verhindern können, dass die Frau, die ich geil fand, sich mit einem einschloss, der mich geil fand, aber den ich nicht geil fand, wenn ich mich selbst mit dem eingeschlossen hätte, den ich nicht geil fand.

Scheiße, war das kompliziert.

In der Küche gab mir irgendwer eine Zigarette, die nach Gras roch.

Frieder tanzte. Er redete mit jedem. Antidepressiva, das war wie Mut ansaufen, dachte ich. Ein bis drei Mal täglich Lebensmut ansaufen.

Ich nahm zwei tiefe Züge von dem Joint. Mir wurde ganz leicht im Kopf. Ein, zwei tiefe Züge Lebensmut. Das war die perfekte Dosis. Ich war jetzt richtig eingestellt.

In der Küche knutschte Zentralverriegelungsaxel mit einem Netzhemd. Auf der Treppe saß Cäcilia und heulte wegen dem Zentralverriegelungsaxelmistschwein.

Dann saß ich mit Pauline auf dem Heuboden. Pauline hatte Angst bekommen vor den vielen Leuten.

Durch die Wand war leise der Recorder zu hören und manchmal eine Stimme, wenn irgendwer besonders laut lachte oder was rief.

Ich sagte: »Hast du gesehen, wie Frieder tanzt? Sonst kann er den Leuten nicht mal in die Augen gucken, und jetzt tanzt er!«

Pauline: »Frieder hat zu viel …«

Sie nannte den Namen eines Medikaments. Irgendwas, das auf »-zin« oder »-zepan« endete. Ich wunderte mich immer, wie die Verrückten sich diese Namen merken konnten. Sie konnten sich sogar merken, welche Wirkung jedes Medikament genau haben sollte und wie es bei ihnen selbst tatsächlich wirkte. Die Verrückten redeten über Medikamente wie andere Leute über Autos oder Fußballvereine oder Schauspieler.

Ich sagte zu Pauline: »Das kann doch nicht sein, dass quasi alles bloß noch von irgend so einem Chemiedreck abhängt! Ist er zu müde, hat er zu wenig. Ist er zu hibbelig, hat er zu viel. Und dass es ihm gut geht, erkennt man daran, dass er quasi gar nicht auffällt.«

»Quasi, quasi, quasi. Du immer mit deinem quasi! Entweder oder, hopp oder top, ganz oder gar nicht! Warum denn immer quasi?«

Ich war ziemlich baff, dass Pauline sich so aufregte wegen so einem kleinen Wort. Und ich dachte, dass sie vielleicht recht damit hatte. Ich sagte wirklich ganz schön oft »quasi«. Und vielleicht auch an Stellen, wo es gar nicht so gut passte.

Ich sagte: »Das heißt ›sozusagen‹.«

»Das weiß ich! Ich bin verrückt, aber nicht blöd!«

Ich: »So bin ich nicht. Hopp oder top und so. So bin ich halt nicht.«

Ich wusste meistens nicht, was ich wollte, da hatte Pauline schon recht. Bloß was ich nicht wollte, das wusste ich ziemlich oft ziemlich genau.

Pauline: »Wenn du keine Medikamente nimmst, ist es doch genauso, dass alles von der Chemie abhängt.«

Hopp oder top, entweder oder, ganz oder gar nicht. Irgendwie war ich neidisch auf Leute, die das konnten. Die einfach machten, was ihnen einfiel, ohne groß über die Folgen nachzudenken. Das war viel besser. Pauline hatte eigentlich recht. Hatte quasi recht. Kinder und Betrunkene sagten die Wahrheit. Und Verrückte. Mir war bloß nicht klar, ob die Verrückten jetzt als Kinder zählten oder als Betrunkene.

Pauline redete weiter: »Nur dass du den Chemiedreck selber herstellst im Gehirn oder wo. Traurig, glücklich, gelangweilt, geil, verliebt, das macht alles dein eigener Chemiedreck in dir.«

Auf einmal war ihr Gesicht ganz nah an meinem, und ihre Augen waren ganz nah an meinen Augen. Zwei große braune Seen voller Chemiedreck, dachte ich. Oder vier Seen, wenn man meine Augen mitzählte.

Zwei braune.

Zwei blaue.

Egal.

Ihr Mund war auf meinem Mund. Den Geschmack hatte ich nicht erwartet. Es war komisch, aber sie schmeckte irgendwie nach Wasser. Einfach nach Wasser. Was jetzt nicht schlecht war, weil Wasser ja eben nach gar nichts schmeckte, und so konnte der Wassergeschmack mich nicht ablenken von dem tollen Gefühl, das ihre Lippen auf meinen Lippen bewirkten. Wir knutschten und streichelten uns vielleicht eine Minute lang, oder eine Woche.

Dann nahm sie meine Hand, während wir weiter mit den Lippen aneinander klebten. Ich verstand, was sie meinte, und schob ganz langsam die Finger unter ihren Pulli.

Pauline sagte: »Wehe.«

Am nächsten Mittag saßen wir in der Küche, die Auerhaus-Belegschaft und ein paar übriggebliebene Schwule aus Rio oder Tokio, von denen keiner wusste, wo sie eigentlich geschlafen hatten und ob sie überhaupt geschlafen hatten. Einer schwärmte in einer Mischung aus Französisch, das von uns niemand konnte, und Englisch, das er nicht konnte, davon, dass sie in der Nacht über die Kirchenmauer geklettert seien, um die Kirche aus der Nähe zu besichtigen.

Das sei eine bedeutende Kirche, ob wir das denn nicht wüssten, »you really not did know?«, frühromanisch oder wie frühmorgens in Rom oder so, wir verstanden es einfach nicht.

Harry hatte immer noch dieses bescheuerte Netzhemd an. Oder wieder.

Vera trug ein Halstuch. Ich war schlau genug, um zu wissen, dass Frauen, die im Haus ein Halstuch um den Hals gewickelt hatten, praktisch immer einen Knutschfleck verstecken wollten. Das hatte Vera mir selbst mal erzählt.

Irgendwie war ich auf einmal ziemlich allein.

Harry nahm eine Gewürzgurke aus dem Glas und schnitt sie der Länge nach in Viertel.

Er sagte: »Wusstet ihr eigentlich, dass die Spermien von Männern extrem schnell sind und extrem fruchtbar, wenn sie wissen, dass da noch ein Konkurrent ist?«

Frieder sagte: »Was man theoretisch richtig findet, das kann ziemlich weit weg sein von dem, was man praktisch aushalten kann.«

Und das war jetzt selber so ein Satz, den ich theoretisch zwar richtig fand, aber den ich praktisch eigentlich nicht aushalten konnte.

Ich sagte: »Hoho, da spricht der Theoretiker!«

Und fühlte mich noch einsamer.

*

Im Süden stand die Alb wie eine bewachsene Mauer. Im Sommer war sie grün, im Herbst war sie gelb und braun, und jetzt, im Winter, war sie schwarz-weiß gescheckt. Wenn man ganz genau hinschaute, erkannte man oben, auf der Kante des Steilhangs, die einzelnen Bäume. Schwarze Stacheln vor dem hellgrauen Himmel.

Am Nachmittag wurde der Himmel allmählich dunkelgrau. Ich steckte eine Flasche Wodka in eine Plastiktüte und ging zum Fuß der Mauer. Ich stapfte hoch. Senkrecht zum Hang, durch den Schnee, zwischen den Bäumen durch. Kahle Buchen. Und immer wieder Weihnachtsbäume. Ungeschmückte Weihnachtsbäume, die noch standen, überzogen mit Schneeschimmelpelz. Dichte, heile Welt. Die Tannenzweige streichelten mir die Wangen. Der Schnee rieselte in den Nacken. In der Dunkelheit schimmerte der Schnee, als ob er sich am Tag vollgesaugt hätte mit Licht, das er jetzt nach und nach wieder abgab. Die Bäume, der Boden, alles leuchtete ein bisschen, und ich stapfte auf dem Leuchten und durch das Leuchten hindurch bergauf.

Ich sagte laut in den Wald: »Vera fickt mit Harry!«

In Gedanken strich ich »fickt« durch und schrieb darüber: »schläft wahrscheinlich«.

Ich sagte laut den korrigierten Satz.

Ich wusste nicht, was das alles bedeutete. War Vera jetzt mit Harry zusammen und mit mir nicht mehr? War sie mit uns beiden zusammen? Gab es einen Haupt- und einen Nebenkerl? Wenn sie mit Harry schlief und mit mir nicht, war ich dann automatisch der Nebenkerl? Wie schlief sie mit ihm?

Ein Motor jaulte. Hinter den Bäumen führte die Straße bergauf, in Serpentinen. In der Kurve möglichst spät runterzuschalten, darum ging's.

Das Licht der Scheinwerfer schwenkte durch die Bäume, der Schnee reflektierte es überallhin, der Wald blitzte auf. Dann verglomm das Licht wieder. Omm, omm, ver, glomm.

Harry hatte ein Auto. Vera musste nicht mehr trampen. Sie würden nach Paris fahren, die beiden, oder nach Italien, aber nicht bloß bis zum Po. Bis zum Po waren Vera und ich mal gekommen, und ganz kurz hatten wir das witzig gefunden. Harry und Vera würden weiter fahren als bis zum Po, sie würden nach Bologna fahren oder nach Florenz. Harrys Vater war Italiener. Sie würden dahin fahren, wo der Vater herkam, bis ganz nach unten, kurz vor Afrika.

Cadillac Eldorado. Angeberkarre.

»Zweihunderttausend Kilometer, und bis er auseinanderfällt, fährt er mich zur Arbeit, hoffentlich.«

Frieder hatte gesagt: »Der frisst doch irre viel Sprit.«

»Das ist das Beste! Da regen sich die Ökos schön auf. Gluckgluck! Morgens eine Stunde länger schlafen, das ist es mir wert.«

Eine Stunde länger in Veras Bett.

Das Jahr hatte beschissen angefangen, und es sah nicht so aus, als würde es besser werden. Ob ich durch's Abi kommen würde, war nicht sicher. Was ich mit der Bundeswehr machen sollte, wusste ich immer noch nicht.

Frieder war jetzt offiziell verrückt und musste nicht zur Bundeswehr. Er musste nicht mal zur Musterung. Das Irrenhaus schickte denen ein Attest und fertig. Weil Frieder einmal sein Leben verkürzen wollte, bekam er jetzt 15 Monate gratis dazu.

Birth, school, bummbumm, work, death.

Einfach verweigern und Zivildienst machen, das wollte ich nicht. Ich hätte mich ja trotzdem vorher mustern lassen müssen.

Und dann hätte ich beweisen müssen, dass ich kein Gewehr in die Hand nehmen konnte, ohne ganz irrsinnige Gewissensbisse zu kriegen. Ich hatte aber schon mal ein Gewehr in der Hand gehabt, auf dem Cannstatter Volksfest, und ich hatte sogar damit geschossen, und es hatte mir überhaupt nichts ausgemacht. Ich hatte mit dem Gewehr auf einen Strauß Plastikblumen geballert, und ich hatte mir beim Ballern vorgestellt, dass ich dem F2M2 in den Hintern schoss, und nicht mal das hatte mir was ausgemacht. Beim fünften Versuch traf ich den Blumenstrauß, in diesem Moment wurde automatisch ein Foto gemacht, und das hing seitdem bei uns im Hausgang, in einem kleinen Holzrahmen.

Im Vordergrund war ich mit dem Gewehr, den Ellbogen auf den Tresen von der Schießbude gestützt, das eine Auge zugekniffen. Hinter mir standen meine Mutter und der F2M2. Die Gedankenblase über meinem Kopf konnte außer mir keiner sehen.

Jedenfalls, wer nicht zur Bundeswehr wollte, musste zu einer Prüfung. Mündliches Gewissens-Abi quasi. Da saßen lauter Offiziere und alte Auschwitz-Apotheker und so und stellten Fragen: »Stellen Sie sich vor, sie spazieren nachts mit Ihrer Freundin durch den Park. Plötzlich springt ein nackter Russe aus den Büschen und will Ihre Freundin vergewaltigen. Sie haben zufällig eine Panzerfaust bei sich. Was tun Sie?«

Und dann musste man sagen, dass das wahnsinnig schwer sei, da eine Entscheidung zu treffen. Dass man zwei Menschenleben einfach nicht gegeneinander abwägen konnte. Dass man praktisch jetzt schon völlig am Verzweifeln war, wenn man sich das bloß vorstellte.

Also, entweder man kriegte ein schlechtes Gewissen, weil man blöd dabeistand, ohne was zu machen, wenn die eigene Freundin vergewaltigt wurde. Oder man kriegte ein schlechtes Gewissen, weil man einen nackten Russen in die Luft sprengte. Man konnte die Prüfung bloß bestehen, wenn man so tat, als ob man ein Gewissen hätte, das es einem quasi unmöglich machte, ein normales Leben zu führen. Ein zentnerschweres Gewissen, so groß wie ein Sack Kartoffeln, der auf deinen Schultern festgewachsen war und dich auf Schritt und Tritt so dermaßen behinderte, dass sogar die Omas im Bus aufstanden und dir ihren Sitzplatz anboten.

Man musste also sagen, dass man sich in so einer Situation, nackter Russe und so weiter, vor lauter Verzweiflung selbst erschießen würde. Mit der Panzerfaust, weil, sonst hatte man ja nichts. Dann musste man nicht zur Bundeswehr, dann musste man Zivildienst machen. Alte Leute pflegen und so.

Ich trat aus dem Wald, auf ein zugeschneites Feld. Im Sommer hatten wir hier mal einen riesigen Hasen gesehen, Frieder und ich, genau am Waldrand. Er hockte auf einmal vor uns und glotzte uns an, oder durch uns durch. Erstaunt oder kurzsichtig, wir konnten den Blick nicht deuten.

Dann drehte der Hase den Kopf zu den Gräsern und fing an rumzumümmeln, wahrscheinlich überzeugt davon, dass er sich uns bloß eingebildet hatte.

Das Feld zog sich weiter den Hang hoch. Oben setzte ich mich in den Schnee.

Am liebsten wäre ich so ein Kartoffelsackbehinderter gewesen. Dann hätte ich einfach verweigert und Zivildienst gemacht und hätte nicht nach Berlin abhauen müssen. Eigentlich wollte ich gar nicht nach Berlin. Eigentlich fand ich Berlin total scheiße. Die vielen Leute waren scheiße, die vollen Straßen waren scheiße, das Scheißwetter war scheiße, alles.

Ich nahm einen großen Schluck Wodka.

Aber ohne zu lügen hätte ich bloß eins sagen können: »Ich würde den nackigen Russen wegballern, logo. Aber nur, solang es mir keiner befiehlt!«

Und dann wäre ich durchgefallen und hätte zur Bundeswehr gemusst, und wenn ich nicht gegangen wäre, wäre ich in den Knast gekommen. So sah das nämlich aus.

Unten sah ich die Ortschaften. Lichtpunkthaufen mit einer Menge Dunkelheit dazwischen.

Jeder Lichtpunkt eine glückliche Familie. Jeder Lichtpunkt ein funktionierender Fernseher.

Ich wurde ruhiger.

Ich war ganz da. Alles war gut.

Mir war kalt. Ich nahm noch einen großen Schluck Wodka.

Ich mochte keine harten Sachen. Je schneller die Flasche leer war, desto besser.

Ich wurde müde. Die Lichtpunkte da unten wurden weniger. Eine Glotze nach der anderen, eine Familie nach der anderen wurde ausgeschaltet.

Der letzte Schluck.

Jetzt kam Wind auf. Ich dachte, dass der eigentlich ziemlich kalt sein müsste, aber ich spürte die Kälte nicht. Erst spürte ich sie nicht, dann spürte ich sie immer weniger. Das war objektiv unlogisch, aber subjektiv war das völlig okay.

Ich schaute in einen Tunnel. Der bewegte sich auf mich zu. Er stülpte sich über mich. Es wurde immer dunkler.

Jetzt war ich sehr, sehr müde.

Ich hörte was brummen. Am Ende des Tunnels erschien ein Licht. Ich hörte eine Stimme, es war Frieders Stimme. Frieder war also schon tot.

Er nahm mich am Arm, ich stand auf und schwebte mit ihm zum Licht.

Frieder sagte: »Setz dich rein.«

Es brummte wieder. Wir flogen durch die Dunkelheit, vor uns huschte ein Lichtschein davon, der führte uns, dem flogen wir hinterher.

Frieder sagte: »Du hast dich in Pauline verknallt. Bist du deswegen hier oben?«

Ich war auch tot, wie Frieder. Erfroren. Frieder hatte auf mich gewartet, und jetzt flogen wir durchs Jenseits.

Ich sagte: »Nein, wegen allem.«

Frieder: »Macht mir nichts aus, echt nicht.«

Im Jenseits war alles gut. Niemandem machte irgendwas etwas aus.

Ich sagte: »Sie ist so perfekt.«

Frieder: »Symmetrisch.«

Das war das letzte Wort, das ich hörte. Fast.

Frieder: »Achsensymmetrisch, um genau zu sein.«

*

Vera fläzte auf meinem Bett rum.

Ich starrte auf den Stapel Bücher vor mir. Ich konnte mich nicht entscheiden, auf welches Prüfungsfach ich zuerst nicht lernen sollte.

Vera hatte meine Bettdecke zu einer Wurst gedreht und sie sich zwischen die Beine geklemmt. Die Knie angewinkelt. Das eine Bein unter der Wurst, das andere obendrauf.

Vera sagte: »Ich dachte immer, du willst nicht mit mir schlafen. Ich dachte, du willst erst noch, na ja, älter werden oder so.«

Ich sagte: »Ich wollte immer. Du wolltest nicht.«

»Aber das ist doch lange her.«

Lange her, also ungefähr drei Wochen. Irgendwie begriff ich, warum Vera mir so sprunghaft vorkam. Sie hatte ein ganz anderes Zeitgefühl als ich. Eine Stunde kam ihr vor wie ein Tag. Ich musste ihr vorkommen wie eine Schnecke auf einem Pattexbeet.

»Glaubst du, dass eine Flasche Wodka gereicht hätte?«

»Wenn man nicht alles auskotzt, warum nicht?«

»Sei nicht eifersüchtig. Ich mag dich doch auch. Liebe ist doch kein Kuchen, der …«

»Ich kenn die Kuchentheorie! Blödsinn. Totaler Blödsinn! Was ist, wenn ich das Gegenteil behaupte? Liebe ist ein Kuchen, der weniger wird, wenn man ihn teilt! Stimmt auch, oder? Und ist genauso ein Blödsinn!«

Vera sagte nichts mehr, und ich sagte auch nichts. Wir guckten aneinander vorbei. Auf einmal hörte ich eine Geige. Cäcilia übte. Das Geigenquietschen wurde laut und dramatisch. Stummfilmmusik.

Vera sagte: »Warst du schon mal am Blautopf?«

»Ja, klar.«

Der Blautopf war ein kleiner See auf der Alb. Wir fuhren manchmal da hin, meine Mutter, die Schwestern und der F2M2, Sonntagnachmittagsfamilienausflug.

Ein kleiner See, eher ein größeres Loch, der wahnsinnig tief war und eben wahnsinnig blau. So eine Art Trichter, und ganz unten knickte der Trichter ab und bohrte sich in die Alb rein. Immer wieder mal tauchte ein Höhlenforscher runter und kam nicht wieder hoch.

Ich hatte es immer ganz okay gefunden, den Sonntagsspaziergang da hin zu machen, weil man bloß zehn Minuten brauchte, wenn man um das Loch rumlaufen wollte, und dafür musste man schon extra langsam gehen und dauernd stehen bleiben und aufs Wasser gucken und laut durchatmen.

Meistens latschte der F2M2 zwanzig Meter voraus, weil

er wegen irgendwas beleidigt war, und meine Mutter, die Schwestern und ich hatten unsere Ruhe.

»Wir könnten mal hinfahren mit dem Rad und spazieren gehen. Einmal um den Blautopf rum.«

»Jetzt, mitten im Winter?«

»Nein, wenn es wieder wärmer ist.«

Vera stellte mir einen gemeinsamen Spaziergang in Aussicht. Einen Spaziergang von zehn Minuten Dauer. In ein paar Wochen oder Monaten.

Draußen hupte es. Harry und das Gluckgluck. Vera ging raus. Jemand schlug die Autotür zu.

*

Vera: »Holz ist alle.«
Harry: »Beim Hühnerstall. Unter der Plane.«
Unter der Plastikplane war ein Berg aus Holzstaub und Erd-krümeln. Ein riesiger Ameisenhaufen. Vera trat mit der Stie-felspitze dagegen. Staub und Krümel rieselten zwischen die Scheite. Das Holz war irgendwann mal da hingekippt wor-den, zum Spalten, aber dann hatte es jemand abgedeckt und vergessen.
Ich stellte ein Scheit auf den Hackklotz. Es rutschte runter und fiel in den Schnee.
Harry stellte es wieder auf.
Ich sagte zu Harry: »Du musst es festhalten.«
Ich holte aus.
Das Scheit fiel vom Klotz.
Frieder: »Halten!«
Frieder stellte das Scheit wieder auf und hielt es jetzt selbst fest.
Ich holte aus.
Ich hatte Angst, ich könnte ihm wehtun.

Ich ließ die Axt sinken. Wir sahen uns alle an. Niemand schien sich zu trauen.

Pauline holte aus und zog durch. Ein trockenes, sehr lautes Klack. Die Axt steckte im Scheit fest, ganz dicht neben Frieders Fingern.

Frieder ließ das Scheit los. Pauline holte noch einmal aus, mit der Axt im Scheit. Das Scheit knallte auf den Klotz, die Scheithälften sprangen links und rechts weg.

»Aua«, sagte Harry und zuckte mit dem Knie.

Pauline nahm die Mütze vom Kopf und zog die Jacke aus.

Frieder hielt die Scheite fest, Pauline zerteilte sie. Dabei sahen sie sich die ganze Zeit an. Wie bei diesem Spiel, bei dem man sich in die Augen sah, und wer zuerst blinzelte, hatte verloren. Von den beiden blinzelte keiner.

Pauline stand bald im T-Shirt da. Sie wischte sich den Schweiß aus den Augen.

Der Haufen frischer Scheite war schon ziemlich groß. Wir stapelten sie an der Hauswand.

So viel würden wir nicht mehr verheizen können, jedenfalls nicht in diesem Winter. Und dass wir noch einen gemeinsamen Winter haben würden, das war ziemlich unwahrscheinlich.

Pauline und Frieder machten trotzdem weiter.

Die Atemwolken standen in der Luft wie leere Sprechblasen.

Das Holz aus dem Ameisenhaufen war jetzt fast weg. Nur der Staub und die Krümel lagen noch da.

Pauline sagte: »Wo sind eigentlich die Ameisen? Machen die Winterschlaf oder so was?«

Cäcilia sagte: »Die wandern jeden Herbst in den Süden. Du kennst doch diese riesige Ameisenstraße neben der Autobahn?«

Pauline sagte: »Neben der A8?«

Cäcilia: »Ja, aber neben der A6 gibt es auch eine. Die wandern alle nach Italien. Die einen über Österreich, die andern über die Schweiz. Ist wahrscheinlich genetisch.«

Ich wusste, dass Cäcilia Ahnung hatte von Bio und von Tieren und so. Ich hielt es für nicht ganz unmöglich, was sie da sagte.

Wahrscheinlich guckte ich ziemlich blöd. Mindestens so blöd wie Pauline.

Cäcilia lachte. Pauline lachte auch, sehr schrill.

Die Axt schlug in das Scheit.

Frieder sagte: »Das war knapp.«

*

Kurz nach Dreikönig kam der Weihnachtsbaum weg. Das war jedes Jahr so, auch diesmal. Sie hatten den Baum auf dem Parkplatz liegen lassen, hatten ihn aber noch an Weihnachten mit so einem weiß-roten Flatterband abgesperrt. So wie man einen Tatort absperrte. Bloß, dass in diesem Fall die Leiche erst mal zwei Wochen lang liegen blieb.

Die von der Gemeinde kamen mit der Motorsäge. Sie sägten erst die Äste ab, dann sägten sie den Stamm in Stücke und luden ihn auf den Gemeindelaster.

Warum hatten sie den Baum nicht früher weggeschafft?

Frieder sagte: »Das hätte den ganzen Dienstplan über den Haufen geworfen, zwischen den Feiertagen. Das sagt jedenfalls mein Vater, und der weiß es von Bogatzki.«

Ich war ziemlich erschrocken: »Bogatzki hat mit deinem Vater geredet?«

Frieder sagte: »Er hat ihm nichts gesagt von der Klauerei beim Penny. Jedenfalls lässt mein Vater sich nichts anmerken.«

Ich sagte: »Du wirst beim Klauen erwischt, nichts passiert.

Du haust den Christbaum um, keiner kommt dir auf die Schliche. Was ist der Trick? Du bist unverwundbar, oder?«

Das sollte keine Frage sein, sondern eine Aufforderung.

Ich wollte, dass Frieder sich mehr zutraute. Dass er weniger Angst hatte. Also, dass er wirklich weniger Angst hatte, in echt, und nicht bloß, weil er was getrunken hatte oder weil er die Augen zukniff.

Jedenfalls, kurz nach Dreikönig lag im Briefkasten wieder eine Ladung zur Musterung. Die zweite. Eine Postkarte. Ich sollte in 14 Tagen kommen und mich untersuchen lassen.

Ich heftete die Karte in einem Ordner ab, im Ordner »Bumm-bumm«. Es war einer von den Ordnern mit den wichtigen Sachen fürs Leben. Links stand der Ordner »Birth«, da war die Geburtsurkunde drin, und in der Mitte stand »School«. In dem hob ich das Zeugnisheft der Grundschule auf, in einer extra Plastikhülle, und in ein paar Wochen würde ich hoffent-lich auch das Abiturzeugnis in so eine Plastikhülle stecken und da abheften. Rechts stand der Ordner »Bummbumm«.

Frieder sagte: »Für einen Anarchisten bist du ganz schön pe-dantisch.«

Jedenfalls, ich lochte die zweite Ladung so, wie ich die erste gelocht hatte, heftete sie vor die erste Ladung in den Ordner »Bummbumm« und wartete auf die dritte.

Wie oft wurde man zur Musterung geladen, bevor sie einen holten? Das konnte keiner genau beantworten. »Nicht so oft«, sagten die meisten.

Ich übersetzte das mit: »Drei Mal.«

Das war ein Irrtum.

Für den Morgen, an dem ich das rausfand, hatte ich mir extra früh den Wecker gestellt, weil ich noch auf die Geschichtsklausur lernen wollte.

»Claus Schenk Graf von Stauffenberg – Held oder Verräter?« Klose war ganz okay, der sagte einem die Themen immer schon vorher, oder deutete sie wenigstens an. Ich hatte mir schon alle Argumente zurechtgelegt, für beide Ansichten, und ich wollte früh aufstehen, um sie mir noch mal einzuprägen.

Held: Er hatte seinen Eid und die Befehle missachtet.

Verräter: Er hatte seinen Eid und die Befehle missachtet.

Wenn ich die Argumente schnell hinschreiben konnte, blieb mir mehr Zeit für die Schlussfolgerung.

Die Schlussfolgerung musste ich improvisieren. Bei der kam's darauf an, wie Klose gelaunt war. Wenn Klose beim »Guten Morgen!« lächelte, dann war Stauffenberg ein Held. Wenn er griesgrämig guckte, würde er sich ganz schön wundern, weil, dann war Stauffenberg ein Verräter. Klose würde denken, ich sei jetzt ein Nazi geworden, und vielleicht würde er sogar eine Nacht lang schlecht schlafen.

Jedenfalls, ich hatte mir den Wecker gestellt. Der Wecker war kein normaler Wecker, also keiner, der einfach bloß laut war. Harry hatte mir für die Klausuren und fürs Abi einen extra

Wecker gebaut. Einen elektrischen. Er hatte ein paar Telefon-klingeln zusammengeschaltet und eine alte Lichtorgel.

Jedenfalls, der Wecker schrillte los, in voller Lautstärke. Im gleichen Moment schrie einer: »Um Gottes willen!«

Ich kannte die Stimme. Es war nicht Frieder, und es war nicht Harry.

Ich konnte die Augen nicht aufmachen, es war einfach zu hell und zu bunt.

»Um Gottes willen, Junge, jetzt hab ich mich erschreckt. Stehst du immer so früh auf?«

Es war die Stimme von Bogatzki. Ich schlug auf den Wecker.

Ich sagte: »Ich wollte noch lernen.«

Bogatzki räusperte sich und fragte: »Sie sind Herr Höppner, oder?«

Ich wunderte mich, dass Bogatzki mich auf einmal siezte. Wenn Erwachsene einen siezten, die einen sonst duzten, hat-te das nichts Gutes zu bedeuten. Dann wollten sie einen wie einen Erwachsenen behandeln.

Ich sagte: »Höppner Hühnerknecht, jawohl.«

Wie einen Erwachsenen, dem man was zumuten konnte.

Ich sprang auf.

»Ist was mit Frieder?«

Oder suchten sie Harry, wegen seiner Dealerei? Pauline! Sie hatte was angezündet!

Bogatzki stand mitten im Zimmer. Mitten in meinem Zim-mer stand der Dorfsheriff in voller Montur. Wahnsinn. Sogar seine Mütze hatte er auf. Die stieß fast an den Deckenbalken.

Bogatzki sagte: »Nein, ich bin schon wegen Ihnen da. Sie sollten die Haustür wirklich abschließen, wenigstens bei Nacht.«

Hinter Bogatzki standen Frieder und Vera in der Tür.

Frieder sagte: »Er hat mir nicht geglaubt, dass ich du bin.«

Bogatzki zeigte mir einen Schrieb, mit Stempel und Wappen und allem. In dem stand, dass die Polizei mich abholen solle und zur Musterung bringen.

Bogatzki sagte: »Du hast zwei Mal eine Ladung bekommen! Du musst doch da hingehen!«

Ich sagte: »Ich dachte, es gibt noch eine dritte.«

»Und dann?«

»Dann hätte ich in meinem Bundeswehr-Ordner drei Ladungen gehabt.«

Bogatzki wechselte wieder zum Sie: »Kommen Sie so mit, oder soll ich?«

Er klimperte mit den Handschellen, die an seinem Gürtel hingen.

Mir ging jetzt ziemlich viel durch den Kopf, und zwar nicht gerade hintereinander.

Erstens verpasste ich die Geschichtsklausur.

Zweitens war das alles ein paar Wochen zu früh. Wenn sie mich heute untersuchten, dann konnte schon morgen die Einberufung kommen. Dann war's das mit Berlin. Und dann? Doch zur Bundeswehr? Verweigern? In den Knast?

Drittens: Sollte ich mich überhaupt untersuchen lassen? Ins Gläschen pinkeln, ausziehen, Kniebeugen, Blutdruck? Was passierte, wenn ich mich nicht untersuchen ließ?

Bogatzki wollte mich nach Stuttgart fahren, zum Kreiswehr-ersatzamt. Fuhr er mich auch wieder zurück? Vielleicht durf-te Vera mitkommen. Als seelischer Beistand oder so.

Ich konnte mich immer noch für die Handschellen entschei-den. Bogatzki konnte mich gleich in den Knast fahren, und dann konnte ich im Knast das Abitur nachholen, wenn ich brav war. Und wenn ich mit den Handschellen überhaupt schreiben konnte.

Ich sagte: »Handschellen.«

Bogatzki fand das nicht lustig. Er wusste ja, dass ich keinen Widerstand leisten würde. Schade, dass ich nachher nicht in der Schule sein konnte, wenn das Geflüster durch die Gänge wehte: »Habt ihr schon gehört? Sie haben den Höppner ab-geführt. In Handschellen!«

Bogatzki legte mir die Metallringe so umständlich um die Handgelenke, als hätte er so was noch nie gemacht. Und auf einmal schnallte ich, dass das wahrscheinlich auch so war. Und dass er deswegen so sauer war. Bogatzki hatte noch nie irgendwem Handschellen anlegen müssen. Er wusste gar nicht, wie das ging!

Die Handschellen knallten auf die Knochen, ich schrie vor Schmerz. Bogatzki grinste böse, dann sagte er: »Ich mach sie wieder locker.«

Dann guckte er auf einmal ganz leer und sagte: »Ich weiß gar nicht, wo ich den Schlüssel habe.«

Vera durfte mich wirklich begleiten. Sie redete noch kurz mit Frieder, dann kletterte sie auf die Rückbank.

Am Rathaus hielt Bogatzki noch mal an. Er ging rein, und nach einer halben Stunde kam er mit dem Handschellenschlüssel wieder raus.

Ein paar Dörfer weiter überholten wir Frieder, der auf dem Fahrrad Richtung Stuttgart peste.

Bogatzki sagte: »Ich muss euch jetzt mal was sagen.«

Ich dachte, au Backe, jetzt kommt so eine Gardinenpredigt. Pflicht und Vaterland, und dass man Gesetze befolgen musste und so weiter. Dass niemand den nackten Russen aufhalten würde, wenn alle so dachten wie ich.

Aber Bogatzki sagte: »Ich finde das gut. Dass ihr euch alle so kümmert. Der Frieder war schon immer speziell. Das ist kein Bauer. Moment.«

Bogatzki setzte den Blinker und scherte aus. Er versuchte, einen Laster zu überholen. Im Auto wurde es so laut, dass Bogatzki schreien musste: »Kennt ihr das Feld! Zwischen dem Bach! Und dem Galgenbuckel! Das ist so zerstückelt! Das kann man bloß! Ganz umständlich! Bestellen! Er war zehn! Oder zwölf! Da ist der Frieder! Bei seinem Vater! Beim Düngen mitgefahren! Hinterher hat er ihm! Einen Plan! Aufgemalt! Was für ein Muster! Er fahren muss! Das hat eine halbe! Stunde gespart! Beim Düngen! Beim Ernten! Eine ganze!«

Wir waren am Laster vorbei. Bogatzki scherte wieder ein.

Er sagte: »Der Frieder war immer speziell. Das ist kein Bauer.«

Bogatzki blieb vor den Treppen zum Kreiswehrersatzamt stehen, im Halteverbot. Er sagte: »Ich warte hier. Nicht, dass du abhaust.«

Das Kreiswehrersatzamt war braungrau. Alles war braungrau. Die Hausfassade außen, die Wände im Treppenhaus, die Flure, der Boden, die Wartebänke, alles. Die Angestellten konnte man leicht übersehen. Ihre braungrauen Uniformen versickerten im braungrauen Hintergrund. Wenn ich die Augen ein bisschen zukniff, sah ich helle Kreise über die Wände huschen. Das waren die Gesichter.

Überall saßen Jungs in meinem Alter, oder Männer, oder wie man das nennen sollte, was wir waren. Vera war die einzige Frau hier. Als ich mit Vera vorbeiging, zur Anmeldung, glotzten die Jungs.

Ich fragte Vera später, warum wohl keiner einen blöden Spruch gemacht hatte, oder ihr hinterhergepfiffen oder so was. Männer im Rudel machten doch so was, und Soldaten sowieso. Vera sagte: »Das war noch kein Rudel. Die kannten sich nicht. Da war ja jeder einzeln da, so wie du.«

Ich sagte: »Ich war doch gar nicht einzeln da.«

Der Arzt, der mich untersuchen sollte, war einen Kopf größer als ich. Immerhin, er trug einen weißen Kittel, keinen braunen. Sein Kopf war ganz rot. Er sah aus wie ein Riesenstreichholz.

Er blätterte in der Akte. Er zog durch die Nase langsam Luft ein, mit einem leisen Pfeifen. Bestimmt eine Minute lang.

Dann warf er die Akte auf den Schreibtisch, atmete in einem Stoß aus und sagte: »So. Ich untersuche Sie jetzt. Bitte ziehen Sie sich aus. Unterhose können Sie anbehalten.«

Ich sagte: »Ich bin nicht krank.«

»Sie müssen bei der Untersuchung mitwirken! Wenn Sie nicht mitwirken, ist das ein Verstoß gegen das Wehrpflichtgesetz!«

Der Kopf des Riesenstreichholzes wurde dunkler. Dunkelrot. Wenn er sich jetzt an der Wange kratzte oder an der Stirn, dann ging der Kopf in Flammen auf.

»Warten Sie draußen!«, befahl er.

Wir warteten ewig. Dann rief eine Stimme aus dem Lautsprecher im Flur: »Herr Höppner zur Musterungskommission!«

Vera kam mit rein. Vor uns, etwas erhöht, saßen vier Männer hinter einem braungrauen Tisch und blätterten in Zetteln. Das Riesenstreichholz und zwei in braungrauen Uniformen und einer im Anzug. Sie guckten auf.

»Musterung nach Augenschein, T1, voll verwendungsfähig«, sagte das Streichholz.

Der eine Braungraue sagte: »Tauglich eins. Damit können Sie zum Wachbataillon.«

Der andere Braungraue sagte: »Oder zu den Fallschirmjägern.«

Braungrau Eins: »Kampfschwimmer.«

Braungrau Zwei: »Fernspäher.«

Ich sagte: »Ich hab viereinhalb Dioptrien! Da, auf meiner Nase!«

Eins: »Er lispelt.«

Zwei: »Wichtig ist, dass die Ohren gut sind.«

Der Anzug fragte: »Sie haben bei der Musterung nicht mitgewirkt. Wir müssen das melden, das ist Ihnen sicher klar.«

Der Anzug beugte sich vor: »Wollen Sie vielleicht die Anerkennung als Kriegsdienstverweigerer beantragen?«

Ich sagte: »Geht nicht. Ich hab was gegen nackte Russen, die nachts aus dem Gebüsch springen.«

Jetzt guckten alle auf. Sie glotzten mich an, als ob ich nicht ganz dicht wäre. Auf einmal war ich mir nicht mehr sicher, ob die Geschichte mit dem nackten Russen wirklich stimmte, also dass man das gefragt wurde.

In diesem Moment klopfte es. Ich hörte, wie hinter mir die Tür aufging.

Der Anzug rief: »Bitte warten Sie draußen! Sie werden aufgerufen!«

Das Riesenstreichholz, die Uniformen und der Anzug guckten streng über mich weg. Ich drehte mich um.

Im Zimmer stand Frieder: »Haben Sie meinen Fahrradschlüssel gefunden?«

Frieder war ziemlich verschwitzt. Die Locken klebten ihm nass und nur noch leicht gewellt am Kopf.

»Meinen Fahrradschlüssel! Ich muss den hier verloren haben vorhin!«

Er kniete sich hin, legte die Wange flach auf den Boden und

guckte über den Teppich. Vera kniete sich auch hin und tastete hinter den Stuhlbeinen rum.

Der Anzug sagte: »Sie können hier nicht einfach ...«

Frieder sagte: »Ich muss nach Hause, mein Opa wartet auf das Mittagessen. Das muss pünktlich auf dem Tisch stehen. Der war in Sibirien in Gefangenschaft! Da muss das Essen pünktlich auf dem Tisch stehen!«

Es war ziemlich abwegig, was er da erzählte, aber auf die Bundeswehrleute schien es Eindruck zu machen.

Der Anzug guckte fragend zu den Braungrauen. Die zuckten mit den Achseln. Der Anzug rutschte vom Stuhl und suchte mit.

Schließlich krochen alle auf dem Boden rum und suchten. Bloß das Streichholz und ich, wir blieben sitzen und rührten uns nicht.

Ich hörte Frieders Stimme unterm Tisch: »Die Weite! Die Kälte! Erfrorene Zehen! Fünftausend Kilometer zu Fuß! Da muss das Essen pünktlich auf den Tisch!«

Das Streichholz war abgelenkt. Ich konnte ihn ungeniert angucken. Ärzte, die nicht zum Heilen da waren, waren mir unheimlich.

Frieder kroch zwischen seinen Beinen durch.

Das Streichholz zuckte im Gesicht, angeekelt, aber auch irgendwie ratlos.

»Entschuldigung!«, rief Frieder. »Aber das geht jetzt nicht anders! Leider! Echt nicht!«

Auf einmal rief Vera: »Ist er das?«

Frieder rief: »Ja! Ja, das ist er, ja, ja, ja! Vielen Dank, vielen Dank! Jetzt muss ich aber echt los, mein Opa! Vielen Dank! Opa, ich komme! Ich komme!«

Frieder knallte die Tür hinter sich zu.

Braungrau Eins schüttelte den Kopf: »Fertig. Mittagessen.«

Im Treppenhaus wartete Frieder.

»Alles klar?«, fragte er.

»Tauglich eins«, sagte ich. »Was war denn das für eine Aktion?«

Frieder sagte: »Hey super, dann kannst du ja zu den Fallschirmjägern! Ich wollte bloß mal sehen, was das für Typen sind.«

Ich sagte: »Bogatzki sitzt draußen und wartet.«

Frieder sagte: »Guter Sheriff. Immer da, wo die Bösen sind.«

Er schwang sich aufs Rad. Vera und ich stiegen wieder in den Käfer.

Auf der Rückfahrt musste ich mich ziemlich zusammenreißen. Sie würden mich einberufen, bevor ich nach Berlin abhauen konnte. Und dann? Erst Arrest, dann Knast. Wie lange Knast? Ein halbes Jahr? Ein Jahr?

Ein Jahr lang allein unter lauter Typen, die nach der Achten von der Schule abgegangen waren. Die sich dauernd prügelten, aber so richtig, mit der Faust aufs Maul und so.

Wenn ich Pech hatte, prügelten sie mich am liebsten. Wenn ich Glück hatte, nannten sie mich »Professor«.

Es gab Sport im Knast, auf dem Hof. Und einen Sportwärter, das war der Zwillingsbruder von Hoffmann. Der würde mir das Leben zur Hölle machen mit Klimmzügen und Klappmesser und im Gleichschritt im Kreis rennen.

Was für Bücher gab es in einer Knastbibliothek? Kafka, Der Prozess. Dostojewski, Schuld und Sühne. Wie lange würde ich dafür brauchen? Zwei Wochen. Und dann? Die Bibel. Erst das Alte Testament, dann das Neue.

Dann: Dostojewski, Der Idiot.

Frieder würde mich besuchen, einmal im Monat.

Aber Vera?

Vera auf der Rückbank lachte die ganze Zeit und schäkerte mit Bogatzki. Das machte mich noch mehr fertig. Als ob es ihr egal war, was mich erwartete.

Vera sagte: »Die hatten so hässliche Uniformen da drin. Ihnen steht die Uniform wirklich gut.«

Ich dachte, ich hör nicht richtig. Bogatzki wusste erst nicht, ob sie ihn nicht verarschte, aber dann wollte er den Blödsinn doch gern glauben und tat ganz geschmeichelt.

In der Küche fing ich an zu heulen. Es gab keinen Ausweg mehr. Ich würde ins Gefängnis gehen.

Ich hatte panische Angst.

Vera wischte mir die Tränen von den Wangen und küsste mich auf die Augen.

Sie lächelte und sagte: »Alles wird gut. Ganz ehrlich.«

Ich dachte: Jetzt wäre ein guter Moment, mit ihr zu schlafen.

Dann kam Frieder die Treppe hoch. Er rubbelte sich mit dem Geschirrtuch die Haare trocken, dann sagte er: »Wie geht's?«

Ich sagte: »Super. Sieht man das nicht?«

Frieder sagte: »Schöne Scheiße. Was machst du jetzt? Knast oder Bummbumm?«

Vera sagte: »Komm, hör auf. Zeig's ihm!«

Frieder legte eine Plastiktüte auf den Tisch: »Pack mal aus.«

In der Tüte war eine Mappe aus Karton, auf der stand mein Name. Darunter ein Bundesadler. Ich guckte rein. Auf dem obersten Blatt stand groß: »T1 – voll verwendungsfähig«. Es war meine Musterungsakte.

Vera sagte: »Na?«

Sie guckte mich erwartungsvoll an.

Frieder sagte: »Na?«

Die beiden klatschten sich ab.

Vera sagte zu Frieder: »Ich hab versucht, darauf zu achten, aber ich hab's nicht mitbekommen.«

Frieder sagte: »Du bist schon auf dem Boden rumgerobbt, du konntest das nicht sehen.«

Er kritzelte in der Akte rum, gedankenverloren. Er sagte: »Als der ganz rechts vom Stuhl gerutscht ist.«

Vera: »Der Anzug?«

»Der hatte die Mappe ja vor sich. Als er untern Tisch gekrochen ist, haben die anderen nur auf ihn geguckt, auf ihn unterm Tisch. Und oben lag die Mappe.«

Vera: »Du bist da noch so lange auf dem Boden rumgekrabbelt? Obwohl du die Akte schon unterm Pulli hattest?«

Frieder: »Das ist, wie wenn man im Lotto gewinnt. Man darf nicht jubeln, sonst hat man sofort die Geier am Hals.«

Vera sagte: »Ich finde, wir legen das Scheißding ins Eisfach. Kalter Krieg und so.«

Ich sagte: »Ich werde immer hier wohnen bleiben, im Auerhaus.«

Frieder: »Wir.«

Vera: »Ihr.«

*

Zum Deutsch-Abi kam ich zu spät. Das war der eine Grund dafür, dass ich es versemmelte.

Der andere: falsche Strategie.

Wir fuhren auf der Randlinie. Mein Herz raste, mir wummerte das Blut in den Ohren. Nicht wegen der Prüfung, sondern wegen der Autos. Ich hatte Angst vor den Autos, die so knapp an uns vorbeijagten, dass das Fahrrad vom Seitenwind weggedrückt wurde. Ich begriff zum ersten Mal, dass mich quasi jedes Auto einfach über den Haufen fahren konnte.

Aus Angst wurde ich immer langsamer.

Ich ging noch mal meine Prüfungsstrategie durch. Klarer ging es gar nicht: alles auf eine Karte.

Wahrscheinlich würde man wählen können zwischen Büchern, die wir im Kurs gelesen hatten, und der Erörterung irgendeines schlauen Textes. Ich hatte die zig Seiten Anmerkungen zu Faust II durchgeblättert, und auch die Sekundärliteratur zu Büchner, Kafka und Brecht hatte ich sorgfältig genug studiert, um festzustellen, dass sie ziemlich umfangreich war.

Dabei erkannte ich, dass meine Zeit auf der Erde begrenzt war und dass mir die drei bis vier Wochen, die ich allein dafür aufwenden müsste, die Anmerkungen zu Faust II zu verstehen oder wenigstens auswendig zu lernen, dass mir diese drei bis vier Wochen am Ende des Lebens mit Sicherheit fehlen würden.

Jedenfalls, ich hoffte, dass ich für den schlauen Text schlau genug sein würde. Ich verließ mich einfach aufs Labern. Labern konnte ich ganz gut. Labern und Abwägen, einerseits, andererseits, quasi und sozusagen.

Ich guckte nach vorn. Cäcilia und Frieder waren weg. Sie hatten mich abgehängt.

Ein alter Mann kam mir entgegen, im Straßengraben. Sie hatten die Straßen zwischen den Dörfern in den letzten Jahren so breit gemacht, dass Fußgänger nicht mehr darauf gehen konnten. Die Autos fuhren viel zu schnell. Wer zu Fuß die Straße entlangwollte, musste in den Graben.

Der Alte ging ziemlich langsam und irgendwie unsicher. Als wir auf einer Höhe waren, rief ich: »Grüß Gott!« Der Mann schaute hoch, dann kippte er zur Seite, als ob ihn eine Keule getroffen hätte, und fiel kopfüber in den Graben.

Ich warf das Fahrrad ins Feld und rannte hin. Ich hatte mal einen Erste-Hilfe-Kurs gemacht, in der Katholikenjugend. Mund-zu-Mund-Beatmung, Herzmassage und so.

Der Mann lag im Graben, das Gesicht nach unten. Er rührte sich nicht. Stabile Seitenlage war das schon mal nicht, so viel wusste ich noch. Den Rest hatte ich vergessen. Ich wusste nicht, ob ich den Mann bewegen durfte. Wenn die Wirbelsäule angeknackst war und ich ihn bewegte, dann war er für immer querschnittsgelähmt.

Ich wedelte mit den Armen, um ein Auto anzuhalten. Manche hupten.

Ich ging wieder zu dem Alten. Jetzt lag er auf einmal auf der Seite. Ich beugte mich runter und sagte: »Hallo?«

Der Brustkorb hob und senkte sich.

Hinter mir quietschten Reifen, ich drehte mich um, ein schwarzer BMW. Warnblinker.

Der BMW war frisch gewaschen. Im Blech spiegelte sich der Himmel. Das sah aus, als ob da oben auf der Straße eine Wolke parkte.

Aus der Wolke sprang ein Kerl mit ganz kurzen Haaren. Er ging zu dem Alten im Graben.

Enges T-Shirt, der Nacken ausrasiert. Ziemlich breites Kreuz. Muskeln überall, an den Schultern, an den Armen.

Mit einem Griff drehte er den Alten auf den Rücken.

»Halt ein Auto an!«, sagte er. »Die sollen einen Notarzt holen.«

Er beugte sich über den Alten und verzog das Gesicht.

»Besoffen«, sagte er.

Er drehte den Mann auf die Seite und winkelte ihm ein Bein an.

Ich wedelte wieder mit den Armen, umsonst. Ich ging zurück zu dem Stoppelhaarigen.

Er sagte: »Wir können ihn nicht liegen lassen. Unterlassene Hilfeleistung.«

Er stellte sich an die Straße und hob die Hand. Ein Auto hielt. Der Fahrer kurbelte das Fenster runter.

Der Stoppelhaarige sagte: »Hilflose Person. Wir brauchen einen Notarzt.«

Wir standen am Straßenrand und warteten.

Der Stoppelhaarige sagte: »Da kann man nicht einfach weiterfahren. Besoffen oder nicht. Immer besser, sich abzusichern. Unterlassene Hilfeleistung. Will ich nicht in meiner Akte haben.«

Ich sagte: »Ich hätte gar nicht gewusst, wie ich ihn beatmen sollte.«

Der Stoppelhaarige sagte: »Nichts machen, das ist das Einzige, was du nicht machen darfst in so einer Situation.«

Er formte Daumen und Zeigefinger zu einem O.

»Das nimmst du dazwischen. Dann musst du nicht mit dem Mund auf seinen Mund.«

Ich sagte: »Nicht weil es mich ekelt. Ich weiß einfach nicht mehr, wie man jemanden beatmet. Und Herzmassage und so.«

»Gehört zu meinem Job«, sagte er.

Ich sagte: »Sanitäter? Hab ich ja Glück gehabt.«

Er sagte: »Soldat.«

Ich war baff. Ich hatte noch nie einen Soldaten getroffen. Also, einen richtigen. Leute, die einfach ihren Wehrdienst machten, zählten nicht.

Ich fragte: »Zwei Jahre?«

Er sagte: »Zwölf Jahre.«

Oje, dachte ich. Ein Spezial-Spezial-Schwachmat. Ein Spezial-Spezial-Schwachmat, der ohne schlechtes Gewissen zwölf Jahre lang nackte Russen über den Haufen schießen würde, sogar auf Befehl.

Der Soldat sagte: »Und du? Schon gemustert?«

Ich sagte: »Tauglich eins.«

»Dann kannst du ja zu den Fallschirmjägern.«

»Oder Kampfschwimmer.«

»Ich hätte dich jetzt eher für einen gehalten, der nicht zur Bundeswehr geht.«

»Ich mich auch.«

Der Besoffene versuchte sich aufzurappeln, er kippte nach hinten und versuchte es wieder. Irgendwann saß er. Er hatte Dreck und Gras auf der Stirn und einen breiten Streifen Schorf am Kinn.

Er wischte mit der Hand, als ob er eine Fliege verscheuchen wollte.

Er sagte: »Haut ab. Ist nichts.«

Ich vermutete zumindest, dass er das meinte.

In Wirklichkeit sagte er: »Auap. Ini.«

Der Soldat sagte: »Wir bleiben, bis der Notarzt da ist.«

Er sagte nicht »ich«, sondern »wir«. Das war quasi ein Befehl an mich. Gutes tun auf Kommando, da kam ich in die Bredouille.

Ich sagte: »Wissen Sie, wie spät es ist?«

Der Soldat schüttelte sein Handgelenk frei. Das war eine ziemlich dicke Uhr. Atomkriegstauglich.

Er sagte: »Halb neun.«

Ich sagte: »Jetzt fängt die Prüfung an.«

»Klausur?«

»Abi.«

»Bist du irre?«, rief der Soldat. »Mach, dass du wegkommst! Du brauchst nicht zu warten, ich bleib hier. Los, zack!«

Erst befahl er mir zu bleiben, dann befahl er mir zu gehen. Ich wusste gar nicht, welchen Befehl ich jetzt nicht befolgen sollte.

Ich sagte: »Ich warte, bis der Notarzt da ist.«

Und dann warteten wir.

Irgendwann fing der Soldat an, Liegestütze zu machen. Runter, rauf.

»Bund ist gar nicht so übel.«

Runter, rauf.

»Zahlen sogar das Studium, wenn du dich verpflichtest.«

Runter, rauf.

»Maschinenbau.«

Er erzählte, dass er jetzt Dipl.-Ing. sei. Und von seiner Familie. Ein Kind.

Runter, rauf.

»Mit Kind wird alles anders.«

Dass sie dauernd umziehen mussten. Sogar in Norddeutschland hatten sie schon gewohnt.

Ich erzählte vom Auerhaus.

Der Soldat, runter, rauf: »Wer bestimmt bei euch?«

»Wie, bestimmt?«

»Na, was gekocht wird.«

»Wer kocht, bestimmt, was gekocht wird. Ist doch klar.«

Runter, rauf.

»Und das klappt?«

»Warum haben Sie eigentlich angehalten?«

Er stand auf und schüttelte die Schultern.

»Sag ich doch. Unterlassene Hilfeleistung. Das ist strafbar.«

Ich glaubte ihm nicht. Also, dass unterlassene Hilfeleistung strafbar war, das glaubte ich ihm schon. Das wusste ich ja. Ich glaubte ihm nur nicht, dass er bloß deswegen angehalten hatte. Wer hätte ihn denn anzeigen sollen?

Er hatte irgendeinen anderen Grund, aber den wollte er nicht zugeben.

Der Notarzt kam nicht.

Der Soldat sagte: »Kurz vor neun.«

Jetzt fingen die Ersten an, Stichpunkte zu schreiben.

Der Soldat sagte: »Da geht er hin, der freie Tag, verfickte Scheiße.«

Der Betrunkene saß immer noch aufrecht. Er verscheuchte wieder Fliegen.

Er rief wieder was, und jetzt konnte man ihn ziemlich gut verstehen: »Haut! Ab!«

Und auf einmal klappte er nach hinten und rührte sich nicht mehr. Der Soldat beugte sich über den Mann und legte ihm die Finger an den Hals. Dann wurde er hektisch.

»Los, mach die Tür auf, vom Auto, hinten!«

Er zog den Alten aus dem Graben.

Er ging ums Auto rum und kletterte auf die Rückbank.

Er sagte: »Nimm du die Beine!«

Er zog den Alten ins Auto.

»Schieb! Schieb!«

Aus der Notaufnahme rannten zwei Sanitäter. Sie machten die Autotür auf und fassten den Alten am Hals, dann an der Brust. Schnelle, genaue Handgriffe. Sie beugten sich über ihn.

Auf einmal wurden sie ganz langsam. Auf einmal hatten sie Zeit.

Sie legten den Alten auf den Tragewagen, in aller Ruhe. Dann deckten sie ihn zu, bis über die Stirn, und schoben den Wagen ins Gebäude.

Der Soldat sagte: »Ich geh schnell mit. Personalien et cetera.«

Dann kam er wieder raus. Er fuhr mich zurück zum Fahrrad.

»Liegt auf dem Weg.«

Zum Abschied sagte er: »Ich hab noch nie einen Toten gesehen. Du?«

Ich hatte schon mal einen Toten gesehen. Da fand ich diesen Toten jetzt gar nicht so schlimm. Außerdem hatte ich den jetzt gar nicht gekannt vorher.

Ich sagte: »Nein, ich auch nicht.«

Ich kam zwei Stunden zu spät. Doktor Turnschuh sagte nichts.

Im Klassenzimmer stank es nach Angst. Kugelschreiber-kügelchen rollten leise über Papier.

Die anderen schauten nicht mal auf, außer Frieder. Er zog die Augenbrauen zusammen und öffnete den Mund zu einem stummen »Hä?«.

Zur Antwort rollte ich mit den Augen.

Cäcilia biss in ein Snickers und glotzte aufs Papier vor sich.

Jemand schälte eine Mandarine. Der Duft war wahnsinnig stark. Er haute mich fast um, wie eine Druckwelle. Ein Weih-nachtsduft. Der passte hier nicht rein, draußen war Früh-ling.

Der Mandarinenduft vermischte sich mit dem Angstgestank. Der Geruch und meine eigene Panik, die jetzt aufstieg, mach-ten mich irgendwie geil.

Auf dem Tisch lagen die Prüfungsblätter. Die Themen: Büch-ner, Goethe, Text-Erörterung. Alles klar.

Ich fing drei Mal an, den schlauen Text zu lesen, aber ich kam nicht bis zum Ende.

Irgendwie ging es um Flugsimulatoren. Also diese nachgebauten Cockpits, in denen die Piloten fliegen übten, und starten und landen.

Und so ein Flugsimulator sei ein Roman eben auch. Literatur ersetze quasi das richtige Fliegen.

Ich dachte die ganze Zeit: Kann schon sein, aber vielleicht ist alles auch ganz anders.

Kurz: Ich hatte keinen blassen Schimmer. Wenn ich über diesen Text was schrieb, dann war das wie eine Flugzeuglandung bei ultradichtem Nebel.

Ich überlegte, ob ich nicht doch besser Faust II nehmen sollte, aber dann wäre zum Nebel auch noch die Nacht dazugekommen. Eine Landung bei Nebel und Nacht.

Am Steuerknüppel ein Typ, der gar nicht fliegen konnte.

Und am Flughafen hatten sie schon das Licht ausgemacht.

Und alle waren nach Hause gegangen.

Und im Dunkeln hatte ein Bauer begonnen, die Landebahn umzupflügen.

Also die Texterörterung.

Beim zweiten Satz blieb ich immer hängen. Ich las ihn wieder und wieder.

Ich zählte die Wörter. Wenn gar nichts mehr half, half manchmal noch Mathe.

42 Wörter. Davon sechs Fremdwörter, die ich noch nie gehört hatte. Das war ein Siebtel aller Wörter. Fast 14,3 Prozent.

Vier Kommas. Ein Strichpunkt.

Strichpunkte waren das Schlimmste. Wenn sich einer nicht

entscheiden konnte, ob er ein Komma hinschreiben sollte oder einen Punkt. Nicht hopp oder top, sondern Strichpunkt. So ein Strichpunkt, das war quasi ein Quasi in einem einzigen Zeichen.

Ein paar Fremdwörter waren unter dem Text erklärt: imaginiert, konventionell, etabliert, borniert. Das war ein Anfang. Die konnte ich irgendwo einbauen.

Ich hörte auf zu lesen und schrieb drauflos.

Wozu ein Simulator gut war. Der Werther zum Beispiel. Dass man damit einen Suizid mal testen konnte, also imaginieren, oder jedenfalls den Weg dahin. Ohne ernsthafte Folgen.

Dass die konventionelle Wirklichkeit ja quasi ein Jumbojet war, in dem man drinsaß und den man gar nicht fliegen konnte.

Aber mit dem Simulator konnte man fliegen. Und man konnte sich das Ziel aussuchen. Sogar die Route!

Also: Flugsimulatoren waren eine gute Sache.

Einerseits.

Andererseits.

Ich suchte nach dem Wort, das Doktor Turnschuh mal verwendet hatte. So was wie Flucht auf Englisch, aber auf Deutsch, und mit einer Fremdwort-Endung.

Irgendwastion. Dingsistik. Dingsorium.

Eskapismus!

Andererseits: Gefahr von Eskapismus. Von borniertem Eskapismus.

Ziemlich am Schluss, wo man ja immer die eigene Meinung sagen sollte, zitierte ich Frieder, aber ohne seinen Namen zu nennen: »Literatur ist das Papier, mit dem sich jedes Arschloch putzt.«

Jetzt brauchte ich bloß noch einen Bogen zu den Flugzeugen. Ich schrieb, dass früher aus den Flugzeug-Klos die Scheiße direkt nach unten plumpste, in der Luft gefror und riesige Schäden anrichtete, ziemlich große Löcher in Hausdächer schlug oder in die Köpfe von Menschen.

Und dass heute die Scheiße-Tanks nicht mehr während des Fluges geleert wurden, wegen der Sicherheit. Das hatte ich mal im Fernsehen gesehen.

Dass die Tanks also quasi, und jetzt kam der Bogen zu dem Spruch von Frieder, dass die Tanks also heute quasi so was wie fliegende Bibliotheken waren.

Perfekt.

Turnschuh sagte: »Noch fünf Minuten.«

Ich ging den Aufsatz noch einmal durch und ersetzte überall »vielleicht« durch »eventuell« und »ziemlich« durch »relativ«.

An einer Stelle, an der es mir passend erschien, fügte ich »etabliert« ein, »Klos« ersetzte ich durch »Toiletten« und »Scheiße« durch »Fäkalien«. Ich fand noch ein »total bescheuert«, aus dem machte ich »relativ fragwürdig«.

Ob das nun wirklich stimmte mit den Tanks, das wusste ich nicht, aber es klang ziemlich gut, fand ich. Jedenfalls in dem Moment, als ich es hinschrieb.

Bei den Fahrradständern sagte Frieder: »Die Erörterung?«

Ich: »Mhm. Versemmelt.«

Frieder: »Ach du Scheiße. Literatur als Simulationstechnik.«

»Als was?«

»Simulationstechnik.«

Ich: »Ja, genau. Versemmelt. Ich habe einen Toten gesehen. Also, erst dachte ich, er wäre tot, da war er aber noch lebendig. Und dann war er doch tot. Ihr müsst ihn gesehen haben, kurz vor mir, der ging die Straße lang. Also, als er noch gelebt hat.«

Ich erzählte Frieder, was passiert war.

Frieder sagte: »Das Saufen schiebt den Suizid raus. Manchmal so weit, dass man am Saufen stirbt.«

Ich sagte: »Der Imiglykos.«

Frieder sagte: »Kann sein.«

*

Wenn im Film ein Polizeikommando eine Wohnung stürmte, dann war das immer wahnsinnig laut. Die Fenster klirrten, Blendgranaten flogen rein und Rauchbomben, Polizisten zertrümmerten die Tür mit einem Rammbock, dann trippelten dicht hintereinander Männer mit schwarzen Sturmhauben in den Hausgang, die Knarre im Anschlag, schrien »Hinlegen! Hände über den Kopf!«, und in zehn Sekunden war alles vorbei. Außer es verschanzte sich einer mit Geiseln und ballerte wild um sich, dann dauerte das Drama einen ganzen Film lang.

Und genauso wie im Film war es bei uns auch. Zehn Sekunden, ohne Geiseln.

Bogatzki war nicht dabei, sonst hätten die Polizisten die Haustür einfach mit der Klinke aufgemacht.

Jedenfalls, Frieder war gerade mit dem langen Messer am Brotlaib zugange. Den knusprigen Kanten hatte er für sich selbst gesichert. Er hielt ihn mit den Zähnen fest, während er für uns noch ein paar Scheiben vom Laib säbelte, für mich und die Frauen.

Frieder nuschelte: »Im Programmheft stehen zwei Filme. Ein guter um acht und ein anspruchsvoller um zehn.«

In diesem Moment schlug unten der Blitz ein. Wir hörten, wie die Haustür in Stücke flog. Das Splittern und Krachen ging direkt über in Getrampel auf der Treppe, wir waren sofort hellwach, wir guckten uns an.

In den Blicken der anderen stand nicht: »Um Gottes willen!«

Da stand einfach: »Hä?«

Dann flog die Küchentür auf, und eine Sturmhaube brüllte: »Hinlegen! Hände hinter den Kopf!«

Vorsichtig stellten wir die Kaffeetassen ab und schoben die Teller weg von der Tischkante, zur Mitte des Tisches. Damit das Geschirr beim Erdbeben nicht runterfiel oder so.

»Messer weg! Messer weg!«

Frieder hielt das Brotmesser mit ausgestrecktem Arm weit von sich und legte es hin.

»Hinlegen! Hände hinter den Kopf!«

Frieder und ich legten uns auf den Boden, und damit war der Boden voll. Die Küche war ja nicht wahnsinnig groß. Erst lag ich auf dem Bauch, weil ich das aus dem Fernsehen so kannte. Aber dann drehte ich mich auf den Rücken. Ich wollte sehen, was da oben passierte.

Die Frauen knieten, die Hände über dem Kopf.

»Hinlegen!«, brüllte die Sturmhaube.

Sie suchten nach einem freien Fleck auf den Fliesen.

»Sitzen bleiben!«, brüllte die Sturmhaube.

Sie setzten sich wieder an den Tisch.

»Hände hinter den Kopf!«

Pauline stand auf. Sie griff zur Milchflasche und machte den Kühlschrank auf.

»Hinsetzen!«, rief die Sturmhaube panisch, »hinsetzen!«

»Schieß doch«, murmelte Pauline in die offene Kühlschranktür hinein. Sie guckte den Typen nicht mal an.

Die Sturmhaube brüllte nach hinten in den Hausgang: »Verdammte Scheiße, das sind ja alles Kinder!«

Was eine ziemliche Frechheit war.

Pauline sagte: »Keine Angst, wir sind alle achtzehn.«

Ich hatte Schiss, Pauline könnte einfach auf eine der Sturmhauben zugehen. Ich hatte keine Ahnung, wie die Polizisten reagieren würden. Wenn sie begriffen, dass Pauline unberechenbar war, sah es schlecht aus für uns.

Auf jeden von uns zeigte der Lauf einer Knarre.

Immerhin, achtzehn bin ich geworden, dachte ich. Nicht wie die Schwester von Lothar, die sich aufgehängt hatte und nicht mal achtzehn geworden war.

Mein Minimalziel hatte ich erreicht.

Die Sturmhaube brüllte mich an: »Wer von euch ist Calabrese, Harald Calabrese?«

Pauline sagte: »Der ist nicht da, der ist schon auf der Arbeit.«

»Sein Zimmer! Wo ist sein Zimmer?«

Dann kamen Leute in Zivil, normale Jeans und Hemd und so, und einer mit Krawatte. Die Sturmhauben zogen ab. Wir mussten in der Küche bleiben. Der mit der Krawatte war der

Staatsanwalt. Er zeigte uns einen Schrieb, mit Stempel und allem.

Vera las laut: »Betäubungsmittelgesetz.«

Pauline sagte: »Was mit Drogen.«

Cäcilia, genervt: »Ich weiß, was Betäubungsmittel sind.«

»Wenn ihr wollt, könnt ihr einen Anwalt anrufen«, sagte der Staatsanwalt. »Ist einer von euch unter achtzehn?«

»Nein«, sagte Pauline, »wie oft denn noch? Oder? Vera?«

»Achtzehn«, sagte Vera. »Wir haben kein Telefon.«

Der Staatsanwalt sagte: »Pech. Wir durchsuchen jetzt die Zimmer. Wir fangen unten an.«

In der Schlachteküche. Weil Harry nicht da war, sollten Frieder und ich zugucken. Als Zeugen, dass sie nichts klauten oder so. Neben Harrys Bett lag ein Plastikbeutel mit Gras und Tabak und Blättchen. Der lag da immer. Um den zu finden, brauchte man keinen extra Drogenspürhund. Da hätte auch ein Mops mit Schnupfen gereicht.

Der Hund stupste den Beutel mit der Schnauze an. Er legte sich daneben. Er glotzte zum Beutel, zum Polizisten, wieder zum Beutel. Er winselte. Und dann passierte was total Gruseliges: Der Hund hob die Pfote. Er zeigte auf das Gras! Was für ein blöder Streberhund.

Zum Schluss kam die Küche dran. Ein Polizist nahm sich den Kühlschrank vor. Er begann im Gemüsefach. Er nahm die Schublade raus, steckte die Hand in den Kühlschrank und wischte einmal hin und her.

Er arbeitete sich von unten nach oben.

Er machte das Eisfach auf und holte die Eiswürfel raus.

Dann hatte er die Musterungsakte in der Hand.

Er rief den Krawattenmann. Der musterte das Deckblatt, dann sagte er: »242 StGB, Diebstahl. 274, Urkundenunterdrückung.«

Der Krawattenmann blätterte die Akte durch. Auf den Papieren waren überall Bundesadler, auf dem Kopf der Briefe, in den Stempeln und so weiter. Frieder hatte durch alle Adler einen Strich gezogen. Das sah aus wie Spieße, auf denen Hähnchen steckten. Darunter hatte Frieder kleine Lagerfeuer gemalt.

Der Staatsanwalt sagte: »90a, Verunglimpfung des Staates und seiner Symbole. 267, Urkundenfälschung. 303, Sachbeschädigung.«

Der Staatsanwalt sah das Fahndungsplakat über der Spüle. Er blieb lange davor stehen. Es waren lauter kleine Porträtfotos drauf. Über den Fotos stand: »Terroristen«.

Wer zu lang nicht abgewaschen hatte, von dem wurde ein Foto auf das Plakat geklebt. Inzwischen klebten alle da, außer Cäcilia. Außerdem schnitten wir aus der Zeitung Fotos von Prominenten aus, die gerade gestorben waren und die wir doof fanden. Wir klebten die Fotos auf das Plakat und strichen sie durch mit einem großen X.

Vera hatte das Terroristenplakat mal auf der Gemeinde von der Wand genommen, weil sie nicht gleich drankam, als sie einen Reisepass beantragen wollte. In einer Ecke des Plakats war sogar noch der Stempel mit dem Gemeindewappen.

»Noch mal 242, Diebstahl.«

Der Staatsanwalt runzelte die Stirn.

»189, Verunglimpfung des Andenkens Verstorbener.«

Ich sah Frieder grinsen.

»129a, Werbung für eine terroristische Vereinigung.«

Frieder grinste nicht mehr.

Ein Polizist hängte das Plakat ab und rollte es zusammen.

»So«, sagte der Staatsanwalt. »Dann wollen wir mal zur Dienststelle.«

Der Typ, der die Fingerabdrücke nahm, war nicht viel älter als wir. Er nahm einen Finger, drückte die Kuppe erst auf das Stempelkissen, nicht zu stark und nicht zu schwach, dann rollte er die Kuppe übers Papier, nicht zu stark und nicht zu schwach.

Dann nahm er den nächsten Finger.

Der Druck auf das Stempelkissen, das Tempo, in dem er die Hand zum Papier führte, der Druck aufs Papier, das war alles so gleichmäßig, als ob der Kerl den ganzen Tag nichts anderes machte, als Fingerabdrücke zu nehmen.

Ich guckte ihm vorsichtig, aus dem Augenwinkel, ins Gesicht. Er sah ganz konzentriert aus und gleichzeitig total abwesend, wie im Halbschlaf. Als ob er meditierte.

Vera hatte mal gesagt, wenn man in dem, was man machte, völlig aufging und dabei die Zeit vergaß, war das das Glück.

Dieser Polizist war glücklich, wenn er Fingerabdrücke nehmen konnte. In diesem Moment hätte ich gerne mit ihm getauscht.

Cäcilia wurde von ihrem Vater abgeholt, mit dem Auto. Er sagte keinen Ton. Uns schaute er gar nicht an.
Wir anderen gingen zu Fuß, Frieder, Vera, Pauline und ich.
Vera sagte auf dem Rückweg: »Wenn wir wirklich mal einen Politiker erschießen oder einen Fabrikanten, dann können sie uns jetzt sofort identifizieren.«
Pauline sagte: »Wir werden Handschuhe tragen müssen.«

Wir saßen um den Küchentisch und warteten auf Harry. Wen würde die Polizei eigentlich informieren, wenn sie ihn verhaftet hatten? Uns oder seine Eltern?
Pauline sagte: »Weder noch.«
Frieder sagte schon seit einer Weile gar nichts mehr. Er brütete vor sich hin.

Irgendwann hörten wir, wie Harry vor dem Haus das Gluck-gluck parkte.
Harry erzählte: Als er zum Werkstor rauskam, war er den Polizisten direkt in die Arme gelaufen. Kurzes Hallo und Hinundher und Personalausweis überprüfen, und er war festgenommen.
Auf dem Revier wurde er erkennungsdienstlich behandelt, genau wie wir. Fotos, Fingerabdrücke. Dann durfte er wieder gehen.

Harry setzte sich an den Küchentisch und sagte: »Der Hühnerstall?«

Vera sagte: »Haben sie nicht gefunden. Oder gar nicht gesucht, ich weiß es nicht.«

Alles, was er nicht bald selbst rauchen wollte, bewahrte Harry im Hühnerstall auf, hinter dem Haus. Also alles, was er verkaufen wollte. Und das war eine ziemliche Menge.

Harry hatte eine Hühnerkacketarnung gebastelt, mit alter Hühnerkacke auf einem Brettchen. Das Brettchen konnte man mit einem Elektromagneten vor der Hühnerstalltür festmachen, so dass es aussah, als ob die zugekackte Tür seit Jahren nicht geöffnet worden wäre.

Pauline sagte: »Wie kommen die auf dich?«

Harry sagte: »Ich hatte Zoff mit einem Junkie. Der wollte nicht glauben, dass ich kein Heroin verticke. Hat rumgebrüllt wie ein Irrer und um sich geschlagen. Und dann hat er sich hopsnehmen lassen, der Trottel.«

Vera: »Du meinst, der hat dich angezeigt? Wegen zwanzig Gramm Dope schicken die doch nicht das SEK.«

Harry: »Ein Junkie erzählt den Bullen, was die hören wollen. Der braucht bloß was von Heroin zu sagen.«

Vera sagte: »Warum dealst du überhaupt? Du hast das Geld aus der Lehre, du hast das Geld vom Bahnhof, du verdienst doch echt genug.«

Ich schnallte mal wieder gar nichts und fragte: »Bahnhof?«

Vera sagte: »Strich.«

Ich, voll blöd: »Für Geld?«

Harry: »Nein, für Fußballbildchen! Mann, natürlich für Geld, was denkst du denn?«

Ich sagte: »Das tut doch weh, oder?«

Pauline: »Es gibt da so Cremes. Und man muss sich halt entspannen.«

Da fiel mir nichts mehr ein. Ich wollte absolut nicht wissen, womit sich Pauline alles auskannte.

Vera sagte noch mal: »Warum dealst du überhaupt?«

Pauline: »Selber kiffen bringt nichts. Erst wenn andere für dich kiffen, dann wirst du reich.«

Harry sagte: »Anschaffen, das lohnt sich vielleicht noch zwei, drei Jahre. Ich muss auch an später denken.«

Auf einmal sagte Pauline: »Was ist jetzt mit Kino?«

Harry sagte: »Der Tank ist voll.«

Für den guten Film war es zu spät. Wir mussten den anspruchsvollen nehmen.

Auf dem Rückweg schwirrte mir der Kopf. Es war ein Film über Weizen. Kein Spielfilm, sondern ein Dokumentarfilm, aber ohne dass groß was erklärt wurde. Ich hatte mir nicht viel merken können. Alles wurde immer schlimmer. Es gab immer mehr Getreide, aber trotzdem hungerten immer mehr Leute. Und die Bauern machten Pleite. Weil mit dem Getreide an der Börse gehandelt wurde, statt dass man es direkt zum Bäcker trug, der daraus Brot backte fürs Auerhaus. So ungefähr.

Der ganze Film war unterlegt mit einer total schrillen Musik. Absichtliches Geigengequietsche.

Wir lagen in den Sitzpolstern, und Gluckgluck schwamm durch die Nacht.

Frieder deklamierte: »Und als die Reiche nach Hause kam, wollt sie aufschneiden ihr Brot.«

Vera: »Das Brot war wie die Steine, das Messer vom Blut so rot.«

Das war das Motto des Films.

Frieder fummelte am Handschuhfach rum.

Harry sagte: »Zulassen!«

Das Handschuhfach war riesig. Ungefähr so groß wie der Kofferraum von einem normalen Auto.

Frieder sagte: »Hä?«

Er hatte eine Pistole in der Hand.

Er klopfte mit dem Fingerknöchel auf den Griff der Waffe: »Holz?«

Harry sagte: »Du willst es wissen.«

Er schaltete den Dachscheinwerfer an. Die Büsche an der Straße warfen riesige Schatten auf die Bäume dahinter. Wie Zeichnungen in einem russischen Märchenfilm oder so.

Frieder schwenkte mit der einen Hand den Scheinwerfer, mit der anderen zielte er aus dem Fenster auf die Schatten. Die Pistole sah schon ziemlich echt aus.

Harry rief: »Da, der Spekulant!«

Frieder rief: »Peng!«

Harry: »Da, der General!«

Frieder: »Pengpengpeng!«

»Der Dings, wie heißt er? Euer … Hoffmann!«

»Peng! Pengpengpeng, pengpeng, peng!«

Harry bog in einen Waldweg ein. Frieder ließ den Dachscheinwerfer kreisen.

Harry rief: »Da, der große mit den Zacken! Vorsicht, das ist die Angst!«

Frieder rief: »Peng!«

»Da, die Traurigkeit!«

Harry war sorgenlos und draufgängerisch. Wie der Grieche in diesem Film, den Frieder so gut fand. Sorbas.

»Pengpeng!«

»Die Einsamkeit, die Einsamkeit, da, ganz dicht vor uns!«

In diesem Moment war ich neidisch auf Harry. Wegen der Art, wie er in der Welt rumlief, nicht wegen Vera.

Auf einmal konnte ich verstehen, warum Vera mit Harry was angefangen hatte.

Harry hatte es drauf, das Elend zu erkennen und es, ohne einen Augenblick zu grübeln, sofort zu bekämpfen. Frieder ließ sich davon anstecken.

Harry rief: »Die Einsamkeit! Du kannst sie doch nicht laufenlassen!«

Frieder brüllte: »Ratatatata!«

Pauline sagte: »Das ist kein Maschinengewehr. Das ist eine Pistole. Mann, das war vielleicht ein Scheißfilm. Wenn die Scheißmusik nicht so scheißlaut gewesen wäre, wär ich eingeschlafen. Mit euch kann man nicht mal ins Kino gehen.«

Harry fuhr wieder auf die Straße. Wir rollten durch die Stadt. Es war Nacht, mitten in der Woche, es waren kaum Leute unterwegs. Frieder zielte aus dem Fenster auf einen Fußgänger und sagte im Vorbeifahren leise: »Plopp.«

Der Fußgänger schüttelte den Kopf und zeigte uns den Vogel.

Wir hielten an einer Ampel.

Und da, an der Ampel, endete der Abend fast in einer Katastrophe. Und wir waren selbst daran schuld.

Wir hätten alle tot sein können. Jedenfalls Frieder.

Wir beschlossen, nicht darüber zu reden. Mit niemandem. Niemand sollte erfahren, was für Idioten wir waren. Und was für eine Scheißangst wir gehabt hatten.

In dieser Nacht schliefen wir alle in einem Zimmer, sogar Pauline. Also alle außer Cäcilia. Die war immer noch zuhause. Im Elternzuhause, nicht im Auerhauszuhause.

Wir trugen die Matratzen in Frieders Zimmer und legten sie auf dem Boden aneinander.

Harry erzählte drauflos. Als ob er was erklären wollte.

»Als mein Vater in Rente gegangen ist, nach dem Unfall, da hing er nur noch zuhause rum. Er ging einfach nicht mehr unter Leute. Nicht mal mehr zum Stammtisch. Meiner Mutter ist das auf den Keks gegangen. Leg dir ein Hobby zu, hat sie gesagt. Du musst unter die Leute! Leg dir endlich ein Hobby zu!

Mein Vater hat irgendwann nachgegeben. Er hat sich ein

paar Bienenstöcke besorgt. Das ist jetzt sein Hobby: Imkerei. Er hat so einen Astronautenanzug an und steht in einer Wolke von Bienen. Gesellig, oder?«

Niemand sagte was.

»So wie mein Vater will ich nicht werden. Das ist das einzige Ziel, das ich habe. Ob der sich umbringt oder nicht, das ist total egal. Ob der tot ist oder nicht, das merkt der gar nicht. Und die anderen auch nicht.«

Harry machte das Licht aus.

Nach einer Weile fing er wieder an: »In den Bienenstöcken hatte ich mein Dope drin. Als ich noch daheim gewohnt habe. Die Spürhunde haben Schiss vor Bienen.

Mein Dope hatte ganz was Besonderes. Das hat immer ein bisschen nach Honig geschmeckt.«

Ich wurde wach, als es draußen noch dunkel war. Ich musste ganz genau hingucken, um die Augen in den Fensterläden zu sehen.

Ich erkannte die anderen am Geräusch ihres Atems. Vera hatte ihren Arm auf meine Hüfte gelegt. Hinter ihr hörte ich Harry röcheln.

Ich ging in die Küche und guckte aus dem Fenster: Beim Seidel war schon Licht. Der saß jetzt auf seiner Eckbank und hörte Radio, das Wetter und die Baustellen auf der A81, Stau zwischen Mundelsheim und Pleidelsheim, und trank seinen Kaffee.

Auf einmal stand Frieder neben mir.

Er sagte: »Gleich geht im Stall das Licht an, im Stall vom Seidel.«

Dann sagte er nichts mehr. Drogen und Terrorismus, das war was anderes als ein popliger Ladendiebstahl. Und dann die Beinahe-Katastrophe von gestern Abend.

Frieder guckte nicht her.

Ich sagte trotzdem: »Und?«

Gegenüber ging das Licht an. Der Seidel fütterte die Kühe.

Frieder sagte: »Auf einmal seid ihr alle wieder hinter Glas. So ein ganz dickes Glas. Ihr seht aus, als ob ihr ganz nah seid, aber in Wirklichkeit ist das Glas total dick, und ihr seid total weit weg.«

Harry kam in die Küche und machte Kaffee. Er schmierte Margarine auf eine Scheibe Brot, legte ganz akkurat Wurst darauf, so dass sie an den Rändern nicht überstand, dann klappte er das Brot zusammen und steckte es in eine Tüte. Er setzte sich an den Tisch und rauchte.

Frieder sagte: »Das ist alles Blödsinn! Das Dope, die Bienen, alles Blödsinn! Ein Drogenhund lässt sich von so was nicht abhalten! Du erzählst doch Scheiße, sobald du den Mund aufmachst!«

Harry zog die Schuhe an. Er steckte die Zigaretten vorn in den Latz von seiner Elektrikerhose.

Wir hörten, wie unten der Motor ansprang. Gluck, gluck, gluck.

*

Auf einmal war jeder für sich allein. Im Haus war es tagelang absolut still, und ich ging herum wie ein Gespenst.

Vera saß auf ihrem Bett. Sie lernte.
Ich fragte: »Wo ist Harry?«
»Wir sind nicht verheiratet!«
»Immer noch sauer?«
»Scheißaktion! Total beschissene Scheißaktion! Scheiß-beschissene Scheiß-Aktions-Scheiße! Frieder hätte tot sein können!«

Frieder stand in der Küche und brutzelte irgendwas in der Pfanne. Er schob die Schaufel unter die panierten Klötzchen und drehte sie um.
Ich sagte: »Und?«
Frieder sagte: »Stellt euch nicht so an. Es ist doch alles gut gegangen.«
Ich sagte: »Weißt du, wo Harry ist?«
»Das ganze Wochenende in Stuttgart, glaub ich.«

»Jobben?«

»Bahnhof.«

Ich ging zur Küche raus, die Treppe runter. Durch den Stall mit den Fahrrädern. In der Scheune wieder die Leiter hoch. Runter, rüber, rauf.

Die Küche und die Zimmer, das war das Festland. Der Heuboden war die Insel. Eine ziemlich entfernte Insel. Helgoland oder so.

Pauline lehnte am Balken.

Pauline machte dauernd Fotos von sich, mit dem Selbstauslöser. Um ihre »momentane Stimmung festzuhalten«, sagte sie. Es war aber immer die gleiche Stimmung. Immer schwarz. Mal mittelschwarz, mal dunkelschwarz.

Pauline sammelte Spucke in einer Tasse und kippte sich die Tasse über den Kopf. Sie hatte ja keinen Wasserhahn da oben auf dem Heuboden. Dann striegelte sie die Haare nach hinten. Sie lehnte sich mit dem Rücken an einen Balken und guckte so neutral wie möglich, also saumäßig ernst. Ernst und streng und wahnsinnig symmetrisch.

Frieder hatte in der Drogerie mal einen Zehnerpack Kleinbildfilme mitgenommen, bei denen die Entwicklung schon im Preis mit drin war. Pauline pinnte die Fotos an die Balken und Sparren auf dem Heuboden. Zig Fotos, alle ziemlich schlecht beleuchtet. Wie so ein Pauline-Museum. Zwanzig Mal Edvard Munch, Der Schrei, aber mit zusammengepressten Lippen.

Überall auf dem Heuboden flackerten Teelichter.

Ich sagte: »Und wenn mal eins umkippt?«

Pauline grunzte und zog die Spucke hoch. Sie streckte die Zunge raus, die war an den Rändern hochgerollt zu einer Rinne, und mit einem gezielten Zischen spuckte sie eine Kerze aus.

Ich sagte: »Essen ist fertig. Fischstäbchen, glaub ich.«

Mir war der Appetit vergangen. Es gab Tage, da war das Auerhaus schlimmer als eine Familie voller F2M2. Tage, an denen niemand mehr mit irgendwem redete.

Ich ging raus, an der Kirche vorbei, am Friedhof vorbei. Ich rannte den Feldweg entlang, der war frisch asphaltiert. Ein Traktor hatte Lehmbrocken verloren, ich kickte dagegen. Staubwolken.

Aus den Schrebergärten wehte der Wind Radiofetzen rüber.

Mitten auf der Wiese stand eine Reihe von Bienenstöcken. Ich horchte, aber ich hörte nur die Umgehungsstraße summen.

Hinten lief ein dunkelgrüner Strich, unten schnurgerade, oben gezackt, ein Streifen aus Büschen und Bäumen, da floss der Bach.

Ich rannte zur Brücke.

Über die Betonbrücke führte die Umgehungsstraße am Dorf vorbei. Die Brücke spannte sich über das Tal. Eigentlich war es kein richtiges Tal, sondern bloß eine Delle zwischen zwei Hügeln. Trotzdem war die Brücke ziemlich hoch und ziemlich lang.

Zentralverriegelungsaxel hatte mal behauptet, in die Brücke

188

seien Sprengkammern eingebaut. Die würden explodieren, wenn der Russe kam. Das sei aber geheim.

Niemand konnte sagen, ob Axel sich das ausgedacht hatte oder ob es stimmte. Axel sagte, das sei der Beweis dafür, dass es geheim sei.

Unter der Brücke stand ein dreckiges Sofa, mit dem Rücken zum Pfeiler.

Daneben leere Bierflaschen, ein Blechtopf, ein paar Plastiktüten von Penny. In den Tüten war was drin, sie waren ziemlich voll, aber ich traute mich nicht reinzugucken.

Angekokelte Bretter und Asche. Eine Feuerstelle.

Ich sprang auf das Sofa und hüpfte und schrie. Die Autos und Laster über mir waren so laut, dass ich mich nicht hörte.

Ich legte mich hin und verschnaufte und guckte nach oben, zur Unterseite der Straße.

Hier unten war es still. Aber die Lebenden da oben, die machten einen wahnsinnigen Krach.

Die Tüten waren proppenvoll. Mein Fuß stieß gegen eine, die kippte um, Klamotten fielen raus. Ich wollte sie zurückstopfen, da klimperte was. Ein Zehnpfennigstück. Es war aus einer grauen Stoffhose gekullert. Ich steckte es zurück in die Hosentasche. Da waren noch mehr Münzen drin.

Geldstücke. Einer, Fünfer, Zehner. Eins war größer als die anderen. Kupfer. Auf der einen Seite war ein Adler, auf der anderen eine große Vier.

Ein Vierpfennigstück. Ich war baff.

Ich kannte außer mir niemanden, der ein Vierpfennigstück hatte. Ich kannte noch nicht mal jemanden, der überhaupt wusste, dass es mal Vierpfennigstücke gegeben hatte.

Es war von 1932, wie meins. Es hatte auch den Buchstaben A für Berlin.

Erst wollte ich es behalten. Dann hätte ich zwei Talismane gehabt. Wenn ein Talisman neunzig Prozent vom Unglück abwehren konnte, blieben noch zehn Prozent übrig. Für die war der zweite Talisman. Neunzig Prozent von zehn waren neun. Zwei Talismane konnten also 99 Prozent vom Unglück abhalten. Das war kein Aberglauben, das war Mathematik.

Aber wenn ich das Vierpfennigstück einsteckte, hatte der, der hier wohnte, gar keinen Talisman mehr.

Wenn sein Vierpfennigstück als Talisman überhaupt funktionierte.

Eigentlich brauchte der, der hier wohnte, ziemlich dringend einen Talisman, der auch funktionierte. Also meinen.

Ich tauschte einfach die Vierpfennigstücke. Mein eigenes pulte ich aus meiner Hosentasche und steckte es in die graue Hose. Das Stück, das ich in der grauen Hose gefunden hatte, steckte ich bei mir ein.

Jetzt hatte der Mensch, der hier wohnte, meinen Glücksbringer. Ohne dass er es wusste.

Ich ging zurück, zum Auerhaus. Ich bemerkte erst jetzt, dass die Obstbäume blühten. Kirschen oder Äpfel, ich erkannte es immer erst, wenn die Früchte schon dran hingen. Hinter den Stämmen der Bäume ging ein hellgrüner Riegel quer, das war die Hecke vom Friedhof. Lebensbaum oder so was.

*

Hallo? Niemand zuhause?«

Dann stand Cäcilia in der Küchentür. Ich dachte erst, sie würde wieder einziehen.

Cäcilia sagte: »Ich will bloß meine Geige holen.«

Jemand sagte: »Willst du Fischstäbchen? Sind aber schon kalt.«

Später sagte Cäcilia: »Meine Eltern bezahlen einen Anwalt.«

Vera sagte: »Find ich klasse.«

Frieder sagte: »Wow.«

Pauline sagte nichts.

Cäcilia sagte: »Ihr habt mich falsch verstanden. Meine Eltern bezahlen einen Anwalt, damit er mich raushaut.«

Das »mich« sagte Cäcilia ziemlich laut. Wahrscheinlich so laut, wie sie konnte.

»Und wenn er dazu euch was in die Schuhe schieben muss, macht er das auch.«

Cäcilia sagte, sie komme nicht ins Auerhaus zurück. Wegen der Verteidigungsstrategie. Damit der Richter sehe, dass sie da in was hineingeraten sei. Das sage nicht sie, das sage der Anwalt.

Cäcilia sagte: »Ich hab in Amerika den Studienplatz. Mein Führungszeugnis muss echt blitzblank sein, sorry.«

Und dann sagte sie wieder so einen typischen Cäcilia-Satz: »Ich kann das verstehen, wenn ihr das nicht verstehen könnt.«

*

Meine Mutter lag auf dem Fahrersitz, die Lehne nach hinten runtergedreht bis zum Anschlag. Sie hatte sich mit der Jacke zugedeckt. Mittagspause.

Ich wartete neben dem Auto. Ich hatte ihr versprochen, nach dem Deutsch-Abi zu erzählen, wie es gelaufen war.

Kleine Autos fuhren auf den Parkplatz, Hausfrauen stiegen aus und guckten mich misstrauisch an, als ob ich scharf drauf wäre, irgendwelche Hausfrauenzweitwagen zu knacken, gingen in den Supermarkt, kamen mit vollen Einkaufswagen wieder raus und guckten mich immer noch misstrauisch an und prägten sich mit verstohlenen Blicken mein Gesicht ein, damit sie Aktenzeichen XY behilflich sein konnten, ein erstklassiges Phantombild des berüchtigten Hausfrauenzweitwagenknackers zu erstellen, und dann stapelten sie die Einkäufe in den Kofferraum, die Pappkiste mit dem Blumenkohl und dem Lauch und dem Paprika, den roten Kasten mit der Cola, Diätcola, die durchsichtigen Plastikbeutel, aus denen Aufschnitt und Koteletts rosa schimmerten, die grellbunten Kinderjoghurts, die Viererpackungen Küchenrollen, die Achterpackungen Klopapier und die Sechzehnerpackungen Taschentücher, und dann drückten sie die Heckklappe zu, so vorsichtig, dass sie wieder aufsprang. Sie drückten noch einmal, diesmal fester, pressten Küchenrollen, Klopapier und Taschentücher zusammen, beim zweiten Mal klappte es immer, ein prüfender Blick, die Heckklappe blieb zu, dann stiegen die Hausfrauen in ihren Hausfrauenzweitwagen und rollten wieder vom Parkplatz runter, Richtung Hausfrauenzuhause.

Meine Mutter wachte auf. Ich nahm die Zeitung vom Beifahrersitz und setzte mich ins Auto.

Ich sagte: »Ganz gut gelaufen.«

Sie sagte: »Schön.«

»Läuft auf einen Schnitt von irgendwas mit drei raus, schätze ich.«

»Ist das gut?«

Wir kurbelten die Fenster runter und rauchten eine zusammen.

Meine Mutter sagte: »Was ich dich schon lange mal fragen wollte.«

Ich dachte: Ach, du liebe Güte. Jetzt geht's los. Sie würde mich fragen, was ich nach dem Abi machen wollte. Oder sie fragte nach Vera. Ob wir immer noch zusammen waren.

Ich sagte: »Ja?«

»Bist du eigentlich glücklich?«

Das war so ziemlich die letzte Frage, die ich erwartet hatte.

Ich sagte: »Ich will mich jedenfalls nicht umbringen demnächst oder so. Ist das glücklich genug?«

Meine Mutter nahm mir die Zeitung aus der Hand.

Sie las vor: »Schüsse peitschten durch die Nacht. Das ist die Überschrift. Und darunter: Narretei junger Männer ging beinahe ins Auge.«

Sie schaute auf. Sie kniff die Augen ein bisschen zusammen und sah mich an. Sie schien auf was zu warten. Als ich nichts sagte, las sie weiter: »Mit dem Schlimmsten rechnen musste die Besatzung eines Streifenwagens am Freitagabend in Ensingen an der Ortsausfahrt Richtung Gebingen.«

Sie machte wieder eine Pause.

»Das ist da, wo die Ampel ist. Die Beamten, die sich auf dem Weg von einem Einsatz zurück zur Wache befanden – das schreiben sie nicht, warum die jetzt in Ensingen waren, dabei würde einen das auch interessieren – zurück zur Wache befanden, brachten ihren Streifenwagen gegen dreiundzwanzig Uhr dreißig an der Lichtzeichenanlage auf Höhe des Optikergeschäfts Binder zum Stehen. Wenig später kam neben dem Polizeifahrzeug auf der Linksabbiegerspur – das ist da, wo's nach Uhldingen geht – Richtung Uhldingen – Richtung Uhldingen, steht ja da – kam auf der Linksabbiegerspur ein auffälliger PKW amerikanischer Bauart zum Halt.«

Sie schaute wieder zu mir. Sie kannte sich mit Autos nicht aus, aber dass das Gluckgluck ein amerikanischer Schlitten war, das war ihr nicht entgangen.

»Jetzt kommt's. Als der Fahrer des Streifenwagens den Blick

zur Seite wandte, staunte er nicht schlecht: Aus dem offenen Beifahrerfenster des PKW wurde eine Waffe auf ihn gerichtet. Eine Waffe!«

Ich sagte: »Weiter.«

»Zeitgleich wurde der Beamte durch einen auf dem Dach des PKW angebrachten, sowohl in der Längs- als auch in der Querachse drehbaren Scheinwerfer geblendet. Geblendet!«

Es war erst ein paar Tage her.

Der Polizist guckte geradeaus, zur Ampel. Ganz normal.

Als er rübersah und bemerkte, wie Frieder in Zeitlupe den Arm aus dem Autofenster streckte und mit der Waffe auf ihn zielte, da gingen seine Augen weit auf. Er wusste, dass er im nächsten Moment sterben würde. Er dachte nicht daran, wie er sich wehren oder wie er entkommen konnte. Er dachte an seine Mutter. Oder an seine Kinder.

Frieder drehte den Scheinwerfer zum Polizisten. Der Polizist war im Gesicht ganz hell, ganz weiß.

Wir guckten in seine aufgerissenen Augen. Wir studierten den Gesichtsausdruck eines Menschen, der begriff, dass er gerade zum Tode verurteilt worden war und dass es keine Berufung mehr gab. Dass das Urteil noch im Gerichtssaal vollstreckt werden würde.

Pauline flüsterte: »Schieß!«

Frieder flüsterte: »Plopp!«

Er zuckte mit dem Arm und der Schulter nach hinten, wie bei einem Rückstoß.

Im nächsten Moment sah ich die Pistole des Polizisten. Ich dachte: Die ist nicht aus Holz.

»Guck mich nicht so an!«, sagte ich zu meiner Mutter. Ich zog an der Zeitung, aber sie gab sie nicht her.

»Nein! Hör's dir an!«

Sie las: »Nur der Geistesgegenwärtigkeit der Beamten ist es zu verdanken, dass bei dem folgenden, an Dramatik nichts zu wünschen übrig lassenden Polizeieinsatz keine Personenschäden zu beklagen waren. Als die Lichtzeichenanlage von ›Rot‹ auf ›Gelb‹ wechselte, raste der PKW verbotswidrig geradeaus in Richtung Gebingen davon.«

Harry bretterte los. 70 Sachen, 80, Pauline rief: »Schieß doch, schieß!«

Frieder drehte sich um, rief: »Kopf runter!«, zielte nach hinten, über uns weg durch die Heckscheibe, rief: »Peng! Pengpengpeng!«

Vera legte ihre Hand auf meine. Wir waren die Einzigen im Auto, die ihren Verstand noch beisammenhatten. Sie krallte die Fingernägel in meinen Handrücken. Das tat saumäßig weh.

Dann hörten wir einen Schuss, einen echten. Kein kindisches »Peng«. Und dann hörten wir noch einen Schuss.

Meine Mutter: »Die Beamten nahmen unverzüglich die Verfolgung auf. Nach Abgabe mehrerer Warnschüsse stellten die

Polizisten ihren Wagen an der nächsten Lichtzeichenanlage (Höhe Uhlandstraße) vor dem flüchtenden PKW, der vorschriftsgemäß an der roten Ampel zum Halten gekommen war, quer. Drei Männer und zwei Frauen, alle im Alter von 18 Jahren, wurden vorübergehend festgenommen.«
Meine Mutter seufzte.

Wir standen um Gluckgluck herum, die Hände auf dem Autodach. Auf einmal war alles voller Blaulicht. Unzählige Polizisten standen um uns rum.
Einer filzte uns, die anderen standen daneben, breitbeinig, und zielten mit ihren Waffen auf unsere Köpfe.
Pauline quietschte leise: »Geht das jetzt immer so weiter? Morgens und abends, morgens und abends?«
Es war irgendwie lustig gemeint. Ich versuchte zu grinsen.

Meine Mutter las: »Bei der anschließenden Durchsuchung wurde die Waffe, mit deren Hilfe die Bedrohung der Beamten durchgeführt worden war, der Beschlagnahmung unterzogen. Wie die Beamten noch vor Ort feststellen konnten, handelte es sich bei der Waffe um eine täuschend ähnliche Attrappe. Gegen den Fahrer des Wagens und seinen Beifahrer wurden Ermittlungsverfahren wegen mehrerer Verstöße gegen die Straßenverkehrsordnung, wegen des Führens von Anscheinswaffen und wegen groben Unfugs eingeleitet.«
Der Zeitungsartikel ging fast über die ganze Seite. Ein großes Foto war auch dabei. Darauf waren der Brillen-Binder zu

sehen und die Ampel an der Ortsausfahrt. Unter dem Bild stand: »Nicht zu einem Blutvergießen kam es an der Licht-zeichenanlage Höhe Uhlandstraße nur dank des besonnenen Verhaltens der Polizei.«

Meine Mutter fragte: »Wart ihr das?«

Ich sagte: »Quatsch.«

»Ganz ehrlich!«

»Wir sind doch nicht irre?«

Wir hatten es auf die erste Seite vom Lokalteil geschafft, aber außer uns durfte das niemand wissen.

Ich fragte: »Was ist?«

Sie schaute mich ernst an, dann sagte sie: »Ich geb dir was mit.«

Wir gingen in den Markt. Meine Mutter verschwand im Kühlraum. Ich wartete.

Sie kam wieder raus. Mit einer Kartonpalette voller Joghurt-becher, die gerade abgelaufen waren.

Sie sagte: »Nachtisch.«

Zuhause in der Küche saß Frieder. Auf dem Herd brutzelte schon wieder irgendwas.

Ich setzte mich zu ihm.

Ich sagte: »Und?«

Frieder sagte: »Ich hab's drauf angelegt. Dass der Bulle schießt. Ich hab es drauf angelegt.«

Ich holte aus und knallte ihm mit der flachen Hand ins Ge-sicht. Eine links. Eine rechts. Ich drosch mit ganzer Kraft auf seinen Oberkörper, er kippte vom Stuhl, ich setzte mich auf ihn drauf, ich beschimpfte ihn, Arschloch und so weiter, und wie bescheuert er sei, und dass er sich einfach umbringen solle, wenn er scharf darauf sei, aber dass er uns da raus lassen solle, und prügelte immer weiter auf ihn ein.

Frieder drehte sich zur Seite und versuchte mich abzuwerfen, aber er wehrte sich nicht.

*

Das Deutsch-Abi.
Ich hatte es gar nicht versemmelt. Doktor Turnschuh gab mir 15 Punkte, das war eine Eins. 15 Punkte dafür, dass ich was zu einem Text gesagt hatte, den ich quasi zu doof war zu Ende zu lesen. 15 Punkte dafür, dass ich so gut labern konnte.

Ich hatte oft das Gefühl gehabt, dass es in der Schule auf irgendwas anderes ankam als auf Wissen oder Leistung oder so was.

Aber weil ich in diesem Abi nun einmal 15 Punkte bekam, glaubte ich gern, dass doch alles gerecht zuging.

Die Bundeswehr.
Von der Bundeswehr hörte ich nichts mehr.
Jedenfalls, der Anwalt von Cäcilia sagte, meine Bundeswehrmappe liege immer noch bei den Ermittlungsakten. So wie er die Abläufe bei der Staatsanwaltschaft einschätze, würde die Mappe dort auch liegen bleiben.

Der Anwalt von Cäcilia erreichte, dass alle Verfahren eingestellt wurden. Bloß Harry bekam eine Verwarnung wegen dem Gras, das sie in seinem Zimmer gefunden hatten.

Das Auerhaus.
Wir blieben im Auerhaus wohnen, bis Harry mit der Lehre fertig war. Dann zogen wir alle nach Köln. Wir mieteten ein runtergekommenes Haus, mitten in der Stadt.

Jetzt konnte so was wie ein Abspann anfangen. Ein langer Abspann. Die Story war quasi vorbei, jetzt ging es nur noch darum, was später aus den Leuten wurde. Wie bei Michel aus Lönneberga: »Dass dieser Junge Gemeinderatspräsident wurde, als er groß war, gehört zu den Wundern dieser Welt. Aber er wurde wirklich Gemeinderatspräsident und der beste Mann des ganzen Landkreises.«

Harry beim Zivildienst in der Aidshilfe. Harry beim Studium. Modedesign an der Fachhochschule. Er entwarf Hosen und Jacken, in die elektrische Trommeln eingebaut waren, Rasseln, Hupen und Blinklichter.
Harrys Gesicht in der Nahaufnahme: »Kennst du Laurie Anderson?«
Gegenschnitt, mein Gesicht ganz nah: »Nein.«

Pauline, wie sie zur Schule ging. Sie machte den Hauptschulabschluss nach. Pauline auf der Abendschule. Sie machte das Abi nach.

Frieder, wie er in einem Raketentriebwerk irgendwelche Messkabel verlegte.

Dann stand er, ein paar Jahre älter, im Hörsaal vor lauter Studenten und malte Formeln an die Tafel.

Stimme aus dem Off: »Heute ist Frieder Professor an der Rheinisch-Westfälischen Technischen Hochschule Aachen. Fachleute rechnen ihn zum engsten Kreis der Anwärter auf den Physik-Nobelpreis.«

Pauline und Frieder und Kinder.

Gesicht Frieder: »Die Ärzte hatten uns abgeraten. Sie befürchteten eine genetische Vorbelastung der Kinder, wegen der psychischen Probleme, die wir einmal hatten.«

Gesicht Pauline, nicht mehr ganz so symmetrisch: »Aber nach der ersten Schwangerschaft hörte ich keine Stimmen mehr. Die Ärzte vermuten, das kommt von der hormonellen Umstellung. So eine spontane Heilung ist gar nicht so selten, sagen sie. Und Frieder geht es auch super.«

Frieder: »Sieht man das nicht?«

Vera in einem Klassenzimmer. Auf der Tafel lateinische Verben und Konjugationstabellen.

Stimme aus dem Off: »Vera wurde eine bei den Schülerinnen und Schülern äußerst beliebte Lehrerin für Mathematik und Latein. Heute ist sie Schuldirektorin. Sie leitet das Kölner Gymnasium, auf das auch die Kinder von Pauline und Frieder gehen.«

Ich studierte auch was. Vielleicht Soziologie.

Stimme aus dem Off: »Als Vera schwanger wurde, wurde Höppner Hausmann. Das ist er heute noch. Er ist ein eifriger Leser.«

Groß im Bild mein Gesicht: »Sachbücher. Keine Romane.«

Stimme aus dem Off: »Und ein leidenschaftlicher Hobbygärtner.«

So hätte von mir aus alles ausgehen können.

Stimme aus dem Off: »Cäcilia studierte Jura und wurde Richterin an einem kleinen Amtsgericht im Rheinland. Cäcilia wollte sich nicht von uns filmen lassen.«

Ich hatte es versucht. Aber wenn ich ein anderes Ende simulierte, kam bloß eine geheilte Welt dabei raus. In meinem Zukunftssimulator gab es keine Abstürze, keine Verletzten und keine Toten. Da gab es bloß schönes Wetter. Sonnenschein und blauer Himmel. Bornierter Eskapismus. Der wunschprogrammierte Autopilot übernahm die Landung, und ich guckte einfach zu, wie das Flugzeug niederschwebte auf die Gänseblümchenwiese. Sanft setzte es auf. Die Passagiere applaudierten.

Im richtigen Leben waren die Landungen härter.

3

Im richtigen Leben war das Ende vom Auerhaus ziemlich ambivalent. Ambivalent, so sagten sie später an der Uni, wenn was durchwachsen war, oder irgendwie zweischneidig. »Das ist höchst ambivalent!«
»Ambivalent« war selbst ambivalent, denn manchmal war es auch bloß ein gebildetes oder ironisches Wort für »beschissen«.

Das Deutsch-Abi. Rummsbumms gegen die Wand. Doktor Turnschuh musste vor meinem Aufsatz genauso fassungslos gesessen haben wie ich vor diesem verrätselten Text, über den ich was hätte schreiben sollen.
Turnschuh sagte: »Das Abitur ist nicht das Klopapier, mit dem sich jedes, Entschuldigung, das ist nicht persönlich gemeint, Arschloch putzt.«
Ich rechnete meine Noten zusammen. Vera rechnete nach, zur Sicherheit. In der mündlichen Gemeinschaftskunde-Prüfung brauchte ich jetzt mindestens einen Punkt, um nicht durchs ganze Abi zu rasseln.

Hoffmann sagte: »Drankommen kann alles.«

Hoffmann, der Sadist. Wir hatten es nie geschafft, ihn so zu provozieren, dass er auch von unserer Schule flog. Das rächte sich jetzt.

»Alles. Egal, wie lang es her ist.«

Hoffmann stellte sich wahrscheinlich vor, wie wir uns vorbereiteten. Wie wir alles, was wir je gelernt hatten, wieder ins Gedächtnis holten, bis zurück zur Sachkunde in der Grundschule.

»Nenne einen Nadelbaum.« Tanne.

»Wie heißt das Haus vom Eskimo?« Iglu.

»Fein, Höppnerchen, ganz, ganz fein. Dafür bekommst du ein schönes Fleißbienchen ins Abitur gestempelt.«

Und dann war die Prüfung in zehn Minuten vorbei.

Hoffmann lehnte sich zurück in seinem Stuhl. Erst guckte er zur Decke, dann zielte sein Blick über die Nasenspitze weg auf mich.

»Herr Höppner, Sie kennen die Begriffe Lombard und Diskont. Erläutern Sie in wenigen Sätzen den Unterschied.«

Ich hatte insgeheim auf eine Frage zu Raiffeisen gehofft (150. Geburtstag, 1968), Landwirtschaftsgenossenschaften und so, oder zum Deutschen Zollverein (150. Gründungstag, 1984). Klar, das wäre ziemlich unwahrscheinlich gewesen, aber Hoffmann wusste ja nicht, dass ich mich mit Gedenkmünzen auskannte. Der Teufel war ein Eichhörnchen, und vielleicht war der liebe Gott ja auch eins.

Pustekuchen.

Ich überlegte.

Zwischen den Prüfern und mir stand ein Gesteck aus Trockenblumen. Ausgebleicht, eingestaubt. Die Stiele steckten in so einer Art ausgetrocknetem Schwamm. Ich würde in Zukunft beim Gedanken an die Schule immer an dieses Staubgesteck in dem bröseligen grünen Schwamm denken müssen.

Ich musste grinsen.

Hoffmann sagte: »Amüsant, die Frage?«

Ich guckte ihn an und stellte mir vor, wie ich ihn durch die Sprossenwand fädelte. Herr Hoffmann, Sie kennen die Notwehrtechniken Rädern und Vierteilen. Erläutern Sie in wenigen Sätzen den Unterschied.

Lombard und Diskont.

Ich hatte keinen blassen Schimmer.

Das seien zwei sehr verschiedene Dinge, sagte ich schließlich.

Der Beisitzer nickte.

Lombard.

Ich überlegte.

Lombard sei eine Stadt in Norditalien, sagte ich.

Hauptstadt der Lombardei war zu einfach, also lag es in der Toscana.

Oder im Piemont.

Mit Vera war ich mal nach Italien getrampt. Wir kamen bloß bis zum Po. Wahnsinnig witzig.

In der Mittagssonne gingen wir die Straße entlang, alles war trocken, verbranntes Gras am Straßenrand, verdorrte Felder, die ganze Landschaft ein riesiges poröses Trockengesteck.

Einer hielt, aber der wollte bloß Vera mitnehmen. Die wollte natürlich nicht. Der Typ stieg aus, sagte was zu ihr auf Italienisch, das wir zuerst nicht verstanden. Dann zog er ein Bündel Geldscheine aus der Hosentasche. Vera schüttelte den Kopf.

Auf einmal tatschte ihr der Typ an die Brust. Vera war total perplex. Aber nur für einen kurzen Moment. Dann trat sie ihm mit voller Wucht in die Eier, mit dem Knie. Er schubste sie weg, sie fiel hin. Er schubste mich weg, ich fiel auf sie drauf und sah bloß noch, wie der Typ zum Auto humpelte und wegfuhr.

Es war kein Russe, und nackt war er auch nicht. Er kam nicht aus dem Busch gesprungen. Ich hatte keine Panzerfaust dabei.

Das war kurz vor Verona. Da wollte Vera hin, um den Balkon zu sehen, den Balkon von Romeo und Julia.

Was für ein Quatsch das alles war, was für ein alberner, unwürdiger Quatsch. Wenn ich wissen wollte, was Lombard war, guckte ich im Lexikon nach. Oder ich fragte Frieder.

Auf einmal wollte ich nicht mehr.

Ich wollte nicht durchfallen.

Ich wollte bloß nicht weiter so rumeiern.

Das war ein Unterschied.

Ich war ganz da. Alles war gut.

Das war der Moment meines schulischen Suizids.

Piemont.

»Zentrum der norditalienischen Obstproduktion«, sagte ich, »vor allem Kirschen. Und Tourismus. Viel antike Kunst, also Renaissance und so. Und Klassik. Barock. Rokoko.«

Rokoko hatte mir immer gefallen, also das Wort.

»Spätromanische Kirchen.«

Hoffmann machte sich Notizen. Der Beisitzer guckte mich mit seinen grünen Augen an. Das Weiß der Augäpfel war von feinen roten Äderchen durchzogen. Er hatte zu wenig geschlafen und versuchte das zu kaschieren, indem er die Augen extra weit aufriss.

Hoffmann fragte: »Und Diskont?«

Das war mein Thema.

»Supermärkte.«

Hoffmann sagte: »Danke. Ich denke, wir können auf eine Beratung verzichten.«

Der Beisitzer zuckte mit den Schultern.

Hoffmann, zu mir: »Ich würde Ihnen gerne einen Punkt geben.«

Mir fiel ein Stein vom Herzen. Ich war so erleichtert, dass ich ihn fast umarmt hätte.

»Dann wäre ich Sie los. Ich weiß leider nicht, für welche Leistung ich Ihnen diesen Punkt geben sollte.«

Null Punkte.

»Sie bleiben uns noch ein Jahr erhalten. Viel Vergnügen.«

Die Gerichtsverhandlung verlief, wie Cäcilia es prophezeit hatte.

Der Anwalt ihrer Eltern machte dem Richter klar, dass Cäcilia in den schlechten Einfluss von ein paar asozialen Freaks geraten war. Er sagte nicht »asoziale Freaks«, er sagte »randständige Jugendliche«.

»Randständige Jugendliche im Übergangsheim«, das wäre ein guter Name für eine Punkband gewesen. Am Bass: Höppner Hühnerknecht.

Das Argument des Anwalts war, dass Cäcilia auf dem Terroristenplakat, das neben der Spüle gehangen hatte, nicht abgebildet war.

Das Verfahren gegen Cäcilia wurde eingestellt, in allen Punkten. Freispruch durch Abwasch.

Vera, Pauline und ich wurden wegen Diebstahls und wegen Verunglimpfung des Andenkens Verstorbener verurteilt, jeder zu 40 Stunden gemeinnütziger Arbeit.

Frieder kriegte 50 Stunden. Da war noch die Sache mit der Holzpistole dabei.

Harry bekam wegen Drogenhandels und Drogenbesitzes ein Jahr Gefängnis auf Bewährung. Und zwei Jahre Führerscheinsperre, wegen der Verfolgungsjagd.

Die Woche vor dem Umzug verbrachten wir quasi im Keller vom Altersheim, Vera, Pauline, Frieder und ich. Im Keller war die Küche.

Ab morgens um sechs schmierten wir Butterbrezeln, streuten Portionspackungen mit Margarine, Marmelade und Honig auf Teller und wickelten die Teller in Frischhaltefolie.

Eine Frau gab uns Anweisungen. Sie war ziemlich kräftig. Vielleicht nicht so kräftig wie Frieder, aber um einiges kräftiger als ich. Erst dachten wir, das wäre die Köchin. Sie war aber bloß die Chefin von den Küchenhilfen.

Wenn das Frühstück raus war, wuchteten wir riesige Edelstahltöpfe auf die Gasherde. Alles hier war riesig. Die Suppenkellen, das waren richtige Blechschüsseln mit langen Stielen. In den Töpfen hätte man baden können.

Während das Wasser in den Kesseln langsam heiß wurde, schnippelten wir fürs Mittagessen. Wir kamen uns vor wie blinde Passagiere, die man mitten auf dem Atlantik aus der Takelage gezogen hatte. Säckeweise Zwiebeln, jeder Sack ein halber Zentner.

Frieder sagte: »Heult nicht! Um die alten Säcke ist es nicht schade!«

Und wieherte.

In den Pausen versuchten die anderen Küchenhilfen rauszukriegen, was wir auf dem Kerbholz hatten und warum wir hier arbeiten mussten. Aber wir verrieten nichts. Die Chefin hob bloß die Hände und verkündete: »Ich darf nichts sagen.« Pauline sagte zu den Küchenhilfen, dabei sprach sie ganz leise: »Sie wollten uns ja sogar drankriegen wegen Unterstützung einer terroristischen Vereinigung. Aber dafür müssen sie früher aufstehen, was, Andreas?«

Frieder sagte: »Das kannst du laut sagen, Gudrun.«
Und wieherte.

Wir wussten ja seit langem, dass mit dem Auerhaus bald Schluss sein würde. Aber irgendwie hatten wir Schiss, dass noch schneller Schluss sein würde, wenn wir darüber sprachen.
Wir hatten immer so getan, als ob das Leben im Auerhaus schon unser richtiges Leben wäre, also ewig.
Frieder sagte: »Du hast die Augen zu und treibst auf deiner Luftmatratze, ein sanfter Wind weht, und du denkst, geil, jetzt lebe ich für den Rest meines Lebens hier in dieser Lagune, in der Südsee. Und dann machst du die Augen auf und merkst, es ist bloß ein Nachmittag am Baggersee, und zack ist der auch schon vorbei.«

*

Aus der Ferne war das Auerhaus ein altes Bauernhaus wie die anderen.

Ein Ziegeldach mit Moosflecken, eine Fassade aus weißen Eternitplatten.

Erst wenn man näher kam, stach ein kleiner rosa Fleck ins Auge, ein Fleck direkt neben der Haustür.

Das war der Briefkasten. Harry hatte ihn rosa angestrichen. Den Rost erkannte man jetzt bloß noch an der rauen Oberfläche. 80er Schleifpapier, rosa.

Die Briefkastentür war bloß angelehnt. Die Postkarte fiel mir entgegen.

Ich hatte keinen Schimmer, warum sie mich noch einmal mustern wollten. Entweder meine Akte lag immer noch bei der Staatsanwaltschaft. Oder mustern machte ihnen einfach Spaß. Morgens, mittags, abends. Mustern, mustern, mustern. Leute untersuchen, denen gar nichts fehlte. Einteilen: Kampfschwimmer, Normalos, Krücken.

Aber eigentlich war es mir jetzt auch egal. Ich steckte die Karte in die Jacke, sie kam mir gerade recht.

Frieder und ich, wir fuhren los, hintendrin die Matratze und ein paar Kartons. Harry hatte uns das Gluckgluck geborgt. Er durfte ja sowieso nicht fahren.

Vor der Fußgängerzone hielten wir an. Ich war zwar schon mal nach Berlin getrampt, aber selbst hätte ich den Weg nicht gefunden. Frieder schon gar nicht. Wir brauchten eine Straßenkarte.

Wir gingen in den Buchladen, zum Regal mit den Landkarten und den Stadtplänen. Deutschland, Europa, Welt. Stuttgart, Ulm, Berlin.

Frieder zog einen Straßenatlas raus, blätterte darin, dann zeigte er auf Kreta und sagte: »Da fahren wir jetzt hin!«

Ich fragte: »Mit Gluckgluck?«

Frieder sagte: »Blubb, blubb.«

Auf einmal warf Frieder den Kopf zur Seite und rief theatralisch: »Was ist das denn? Das gibt's doch nicht!«

Er glotzte durch das Schaufenster nach draußen, auf die Straße. Alle taten es ihm nach, die Kunden, die Verkäuferinnen, ich. Als ich wieder zu Frieder schaute, war der Atlas, den er gerade noch in der Hand gehalten hatte, verschwunden.

Frieder schüttelte den Kopf und sagte: »Unglaublich, oder? Und wie schnell das wieder weg war!«

Auf der Straße sagte Frieder: »Guck nicht so.«

Ich sagte: »Du klaust in einem Buchladen? Hast du sie noch alle?«

»Ich hab's bloß geliehen. Wenn ich aus Berlin zurück bin, stell ich das Ding wieder ins Regal. Ich versprech's. Wenn ich was raus krieg aus dem Laden, dann krieg ich's auch wieder rein.«

Wir schauten die Fußgängerzone runter. Da drüben hatte ich mit Frieder gesessen, auf der Betonpyramide, als er beim Ausgang abgehauen war.
Auf dem Beton hatten zu viele Penner gesessen.
Jedenfalls, die Stadt hatte jetzt oben auf den Stufen einen Springbrunnen installiert. Sie hatten die Pyramide einfach geflutet.
Weiter hinten, da war die Apotheke von dem Auschwitz-Apotheker. Der dunkle Holzschrank mit den vielen Schubladen war voller Goldzähne, wahrscheinlich.

Ich zog die Musterungspostkarte aus der Jackentasche. Das war nicht so einfach, weil sie durch das durchgetrennte Futter in die Jacke reingerutscht war.
Schade, dass ich sie nicht behalten konnte. Es wäre die dritte Karte für den Bummbumm-Ordner gewesen.
Ich strich die Adresse durch und schrieb daneben: »Retour! Unbek. verz.!«
Ich klappte die Klappe vom Briefkasten hoch und steckte die Karte rein.

*

Die Sonne hatte schon wieder ziemliche Kraft. Der Himmel war knallblau. Ich hätte gern ein paar Kondensstreifen gesehen, aber der Himmel war blau und leer. Frühling lässt sein blaues Bla. Romantik, das war noch so eine Epoche, mit der ich nichts anfangen konnte. Knallblauer Himmel ohne Überschallknall.

Es war der Donnerstag vor Ostern, Gründonnerstag. Hinter der Hecke blühten die Obstbäume weiß. Äpfel oder Kirschen. Ich hatte nie verstanden, als Kind, dass Jesus bloß so kurz gelebt hatte. Er wurde an Weihnachten geboren, und an Ostern war er schon tot. Und in den paar Monaten dazwischen lief er auf dem Wasser und vermehrte das Brot und machte, dass Gelähmte wieder gehen konnten und alles.

Vor der Aussegnungshalle standen ziemlich viele Leute. Am Rand standen Vera und Harry.

»Cäcilia?«, fragte ich Vera.

»Amiland«, sagte Vera.

Weiter hinten stand Doktor Turnschuh. Ich lächelte ihm zu.

Er nickte. Ich nahm mir vor, ihn nicht mehr Turnschuh zu nennen, auch nicht in Gedanken.

Sogar Bogatzki war gekommen, in voller Montur. Die Mütze hatte er unter dem Arm geklemmt. Feierlich schritt er herüber.

Bogatzki fragte: »Wo ist denn die Hübsche, die mit den braunen Haaren?«

Er meinte Pauline.

»Das war doch sein großer Schwarm.«

Ich wusste es nicht. Niemand wusste es. Vielleicht hatte ihr niemand Bescheid gesagt.

Ich zog den Anorak aus. Ich schwitzte trotzdem.

Bogatzki druckste ein bisschen rum, dann fragte er: »Er war es doch, oder?«

Ich schaute zu Vera. Ich schaute zu Harry. Wir versuchten, Pokergesichter zu machen.

Bogatzki sagte: »Das mit dem Weihnachtsbaum. Er war es doch, oder? Ich weiß ja, dass er es war.«

Wir konnten keine Pokergesichter. Ernst gucken, ein Lächeln andeuten, dem Gegenüber in die Augen schauen. Mal ein bisschen gelangweilt schauen, mal ein bisschen interessiert. Das war ein Pokergesicht.

Ein gutes Pokergesicht war nicht starr. Es war wie ein Spiegel.

Im Gesicht von Bogatzki spiegelten sich die Pokergesichter, die wir versuchten.

Das halbe Dorf war da. Von jeder Familie mindestens einer.

Vera sagte: »Wegen seinen Eltern. Nicht wegen ihm.«

Die Leute waren ganz still.

Ich dachte an die Hühnerfarm. Wie still die Hühner immer geworden waren, sobald sie auf dem Laster waren, der sie zum Schlachthof brachte.

Wir starrten auf das Hallentor. Ein lautes Scheppern, es wurde von innen entriegelt. Dann klappten die Flügel des Tores auf. Ein Gestell rollte raus, geschoben vom Pfarrer und noch einem anderen Mann.

Ein Seufzer stieg aus der Menge.

Auf dem Gestell stand ein Kasten aus Holz, ein riesiger brauner Kasten mit einem riesigen Deckel, der so hoch war, dass jede Leiche darin hätte sitzen können. An die Seiten waren Griffe aus Bronze geschraubt, die sahen aus wie fette Türklopfer.

Es war alles wahr.

Es war alles endgültig entschieden.

Ich sagte leise: »Und?«

Ich hörte Frieder sagen: »Mach den Deckel auf. Ich kann die belämmerten Gesichter nicht sehen.«

Jetzt erkannte ich auch den anderen Mann, der das Gestell schob. Es war Frieders Vater.

Vera ging hin. Sie nahm ihn in den Arm und redete mit ihm. Dann kam sie zurück und sagte: »Die Sargträger sind nicht gekommen.«

Bogatzki sagte: »Der Weihnachtsbaum. Der war den Gemeindearbeitern immer wichtig.«

Wenn ich später irgendwem vom Auerhaus und von Frieder erzählte, begann ich immer damit, wie Frieder den großen Weihnachtsbaum umgehauen hatte, mitten im Dorf.
Ich hätte auch mit der Beerdigung anfangen können. Aber irgendwie fand ich es falsch, von Frieder zuerst das Ende zu erzählen.
Als ob das Ende das Wichtigste wäre.
Cäcilia hatte mal gesagt, die Ehe ihrer Eltern sei »gescheitert«. Ich fand das einen total bescheuerten Ausdruck. Cäcilias Eltern waren zwanzig Jahre verheiratet gewesen, und dann hatten sie sich eben scheiden lassen. Zwanzig Jahre, das war länger, als Cäcilia überhaupt auf der Welt war! Zwanzig gescheiterte Jahre? Dann musste man ja jedes Leben, das mit dem Tod endete, gescheitert nennen. »Da er im Alter von 100 Jahren sanft entschlief, war sein ganzes Leben gescheitert.«

Nachdem das Auerhaus vorbei war, hatte Frieder tatsächlich eine Lehre angefangen, als Fahrradmechaniker, in einer kleinen Stadt in Hessen. Er zog in ein möbliertes Zimmer. Einmal besuchte ich ihn. Das Zimmer war klein und kahl. Eine Kommode aus Pressspan, ein Bett. Die Stadt hatte noch nicht mal eine Fußgängerzone.
Aber meistens besuchte Frieder mich. Der Bruder seines

Chefs fuhr jeden Freitagnachmittag nach Berlin. Der nahm ihn immer mit.

Dann saßen wir an dem kleinen Tisch in meiner Küche und redeten, bis wir müde waren.

Samstagmorgen redeten wir weiter, wo wir am Freitagabend aufgehört hatten.

Frieder hatte Angst, unter Leute zu gehen. Er war allein. Er war wie gelähmt. Er wollte anders sein. Er konnte nicht anders sein.

Ich ging zur Arbeit, Treppenhäuser putzen. Ich ging einkaufen, Käse, Brot, Imiglykos. Wenn ich wiederkam, saß Frieder noch genau so da wie am Morgen.

Er sagte: »Das ist schon immer so. Das ändert sich nie.«

Ich sagte: »Es war schon mal anders. Du hast das bloß vergessen.«

Wir redeten den Samstag durch, bis wir müde waren. Am Sonntagmorgen redeten wir weiter, wo wir am Samstagabend aufgehört hatten. Eigentlich war es uns beiden klar: Wir redeten um sein Leben.

Ich traute mich nicht mehr zu sagen, dass unsere Gespräche sich im Kreis drehten. Ich traute mich nicht einmal, das zu denken.

Wenn wir nicht redeten, saßen wir einfach da und sagten nichts und sinnierten der Gesprächsspirale hinterher, die sich dermaßen langsam dem Zentrum näherte, dass ein gewöhnlicher Mensch es quasi nicht wahrnehmen konnte.

Die Umzugskisten packte ich lange nicht aus. Ich fand immer wieder Sachen darin, die ich gar nicht gesucht hatte.

So wie die Zettel aus der Küche, die alle möglichen Besucher geschrieben hatten. Auf dem Küchentisch hatte immer ein Stapel von Schmierzetteln gelegen, daneben ein weicher Bleistift.

Ich hatte die Zettel alle gesammelt. Manche Zettel hatte ich vom Tisch genommen, bevor die, die es anging, sie überhaupt gesehen hatten.

Ich hatte die Zettel auf DIN-A4-Blätter geklebt, ein Datum auf die Blätter geschrieben und sie in einem Ordner abgeheftet. Hinten auf dem Ordner stand: DAS GEDÄCHTNIS DER MENSCHHEIT. Ich hätte auch einfach ZETTEL hinten draufschreiben können, aber DAS GEDÄCHTNIS DER MENSCHHEIT passte irgendwie besser.

Da waren die Zettel von Zentralverriegelungsaxel.

»Liebe Cäcilia, bitte ruf mich an! A.«

»Liebe Cäcilia, bitte ruf mich an! A.«

»Liebe Cäcilia, bitte ruf mich unbedingt an. Oder komm vorbei! A.«

»Liebe Cäcilia, tut mir leid wegen Silvester. Warum hast du dich nie gemeldet? A.«

Da waren die Zettel von meiner Mutter.

»Liebes Auerhaus, die Auberginen sind noch gut, auch wenn sie außen schon braun sind. Einfach in Scheiben schneiden und in Öl anbraten, mit Salz und Knoblauch. Liebe Grüße Theresia Höppner.«

Da war ein Zettel von Bogatzki.

»Sehr geehrter Frieder Wittlinger, hiermit teile ich Dir mit, dass Du im Penny jetzt Hausverbot hast. Ferner teile ich Dir mit, dass der Marktleiter auf eine Strafanzeige verzichtet. Hochachtungsvoll Gerhard Bogatzki.«

Frieder sagte: »Hab mich da eh nicht mehr hingetraut.«

Ein Zettel war nicht von einem Besucher, sondern von Vera. Auch dieser Zettel hatte auf dem Küchentisch gelegen. Es war bloß ein Herz draufgemalt. Kein Adressat. War er für Harry? War er für mich? War er für alle?

Frieder: »Manchmal war sie schon ein Arschloch.«

Ich: »Finde ich nicht.«

Frieder: »Findest du doch.«

Am Sonntagabend fuhr Frieder zurück.

Das Auerhaus war vorbei. Frieder war so allein wie vorher. Aber jetzt kannte er den Unterschied.

Harry nahm den Sarg an einem Griff.

Vera sagte: »Hackt's? Auf den Schultern!«

Wir versuchten, die Schrankwand auf die Schultern zu wuchten, aber wir waren verschieden groß. Wir wechselten hin und her, rotierten wie beim Fahrradfahren, Belgischer Kreisel, und endlich standen wir richtig. Die Kleinen vorn bei den Füßen, Vera und der Vater von Frieder. Die Großen hinten beim Kopf, Harry und ich. Die dazwischen dazwischen, der Pastor und Bogatzki.

Irgendwann sagte Harry: »Kann nicht mehr.«

Ich sagte: »Seitenwechsel?«

Harry rief: »Stopp!«

Er kroch unter dem Sarg durch auf meine Seite, ich kroch rüber auf seine. Der Sarg kippte nach hinten, ich hob ihn wieder an, er wackelte.

Über der Grube lagen Bretter, darauf stellten wir den Sarg. Wir hoben den Sarg mit dicken Seilen an, der Pastor zog die Bretter weg, und dann ließen wir Frieder nach unten.

Die Ansprache des Pastors war kurz. Gründonnerstag, Kreuzigung, Auferstehung. Sünde von uns genommen.

Vera und Harry hatten langgeheulte Gesichter, müde und traurig. Sie sahen aus wie richtige Erwachsene.

Nach den Eltern ging Vera ans Grab. Sie nahm eine Handvoll Sand und warf ihn runter.

Dann Harry.

Dann ich.

Ich guckte nach unten. Die Grube war wahnsinnig tief. Auf einmal sah der Sarg winzig aus.

Auf dem Sarg lag ein Federball. Den hatte Vera runtergeworfen. Daneben lag ein großer, prall gedrehter Joint. Eine richtige Keule. Die reichte bis zum Jüngsten Tag.

Ich wollte keinen Sand auf Frieder werfen. Ich legte mich auf die Erde und langte so weit runter, wie es ging. Dann ließ ich das T-Shirt auf den Sarg fallen. Ich sah was Weißes zwischen dem Gelb des Stoffes und bekam einen Schreck. Ich dachte kurz, ich hätte den Preis nicht abgemacht. Es war aber bloß der Waschzettel.

*

Der Weg zum Ochsen führte über den Mühlbach. Der Mühlbach war unsichtbar. Sie hatten ihn eingedolt und mit Betonplatten abgedeckt. Er zweigte unsichtbar am Ortseingang von einem kleinen Fluss ab. Das Wasser floss unsichtbar durchs Dorf und an der Mühle vorbei, einem Fachwerkhaus, aus dessen Feldsteinsockel bloß noch der Holzzapfen ragte, der das Mühlrad mal getragen hatte, und am Ortsausgang flossen das Wasser und seine ungenutzte Kraft wieder unsichtbar in den Fluss zurück.

Ich hörte Frieder sagen: »Die *Energie* des Wassers, nicht die Kraft!«

Riesenameisen in schwarzen Anzügen und Kleidern kreuzten die Betonplatten und krochen Richtung Ochsen.

Im Ochsen trafen sich dienstags die Landfrauen und freitags der Männergesangsverein.

Frieder hatte den Ochsen gehasst. Er hatte den Schweinebraten gehasst, die Kartoffeln und die braune Soße, die Landfrauen samt ihrem Land und die Männer samt ihren Gesängen.

Der Gastraum war mit dunklem Holz verschalt, dass auch der F2M2 es nicht scheußlicher hinbekommen hätte. Die Gardinen waren braun vom Teer der Bauernstumpen.

An diesem Nachmittag fiel Licht in den Ochsen. Die Sonne drückte durch den Teer und fiel in Streifen auf die Holzvertäfelung. Ich hörte Frieder sagen: »Guck mal, Gefängnisgitter.«

Harry sagte: »Dass er es doch noch macht.«

Vera sagte: »Kann sein, dass er sich einfach verschätzt hat in der Dosierung.«

Frieder hatte ein paar Tage tot in seinem Bett gelegen, als die Vermieterin ihn fand.

In der Todesanzeige hatten die Eltern geschrieben: »Nach langer Krankheit.« Das war ebenso wahr wie gelogen.

Ein Sterbedatum stand nicht dabei. Das hatte der Arzt nicht mehr feststellen können.

Harry sagte: »Mit Tabletten, das ist eine blöde Methode.«

Vera sagte: »Wenn es nicht klappt, denken alle, man hat's nur gemacht, um sich retten zu lassen.«

Ich sagte: »Und wenn es klappt, war es ein Unfall.«

Warum hatte Frieder sich damals umbringen wollen, beim ersten Mal? Je mehr ich mit ihm darüber geredet hatte, desto blasser war die Frage geworden. Bis sie quasi verschwunden war. Ich fand keine Antwort, aber die Frage war irgendwann weg.

Hatte Frieder jetzt, beim gelungenen Suizid, die gleichen Gründe gehabt wie damals, als der Versuch missglückt war? Wenn ich mich entscheiden musste, dann entschied ich mich doch lieber für die Möglichkeit, die mehr Möglichkeiten übrig ließ. Wenn ich mich heute nicht umbrachte, konnte ich mich morgen immer noch umbringen. Aber wenn ich mich heute umbrachte, dann konnte ich mich morgen nicht mehr nicht umbringen. Eigentlich logisch.

Egal.

Nicht egal.

Ich sagte: »Er hat mich angerufen, ein paar Tage vorher. Ich hatte das Gefühl, dass es ihm ganz gut ging. Er hatte richtig gute Laune.«

Die Wirtin brachte Bratwürste und Kartoffelsalat.

»Kein Zaziki«, sagte Vera.

Harry sagte: »Auf einen Becher Joghurt zwei Knollen Knoblauch.«

Vera sagte: »Ze-hen! Zwei Ze-hen Knoblauch!«

Harry sagte: »Zehe, Fuß, Bein, ist doch alles dasselbe.«

Vera sagte: »Leib, Dorf, Menschheit, ist doch alles dasselbe.«

Ich fragte Harry: »Was machst du jetzt?«

Er sagte: »Klamotten. Mit denen man Musik machen kann. Kennst du Laurie Anderson?«

»Nein.«

Harry sagte: »Witzig, dass du jetzt in Berlin bist. Wenn man im Knast ist, muss man nicht zur Bundeswehr, und wenn man in der Klapse ist, auch nicht. Berlin, das ist ja beides, Knast und Klapse. Deshalb musst du nicht zum Bund.«

Harry sagte: »Hast du dir Berlin mal angeguckt auf der Karte, wie das liegt? Das sieht aus wie eine Gedankenblase von Westdeutschland, oder? Wie viele Einwohner hat Berlin?«

Ich sagte: »West-Berlin? Zwei Millionen oder so.«

Harry sagte: »Zwei Millionen westdeutsche Gedanken.«

Dann sagte er: »Machst du das Abi nach?«

Ich: »Keine Lust. Muss arbeiten.«

Harry: »Ich kenn einen, der kann Zeugnisse machen. Du kannst dir sogar deinen Abi-Schnitt selbst aussuchen.«

Ich überlegte.

»2,9. Klingt nicht schlecht, oder?«

Harry: »Klingt jedenfalls nicht so ausgedacht wie 1,0.«

Es gab Kaffee.

Es gab Bier.

Wir lachten.

Frieders Mutter saß ein paar Tische weiter, ganz in der Ecke, versteinert.

Frieders Vater saß daneben und starrte schweigend in den Gastraum. Seine Hand stand, zur Faust geballt, auf dem Rand der Tischdecke.

Am Gang zu den Klos hing ein Münztelefon an der Wand. Bogatzki telefonierte, und als ich zum zweiten Mal aufs Klo ging, telefonierte er immer noch.

Frieders Vater kam zu uns an den Tisch. Er setzte sich nicht. Er beugte sich über uns.
Er sagte: »Ich habe die Sachen vom Frieder sortiert. Da war ein Tagebuch dabei.«
Frieders Vater hatte eine warme, freundliche Stimme. Sein Dialekt war so breit wie der meiner Mutter.
Auf einmal wurde mir klar, dass ich noch nie mit ihm geredet hatte. Er sprach ziemlich leise, und manchmal stockte er, und die Stimme kippte weg, weil er so traurig war. Irgendwas presste die Sätze trotzdem raus, Disziplin oder Pflicht oder so was.
Er richtete sich auf. Er wollte was sagen, aber er setzte immer wieder neu an.
»Die Zeit!«, sagte er schließlich.
Und erschrak.
Er war viel zu laut.
Alle erschraken.
Der Gastraum verstummte. Dieser Mann, der sonst so schüchtern war, wollte eine Ansprache halten?
Frieders Vater schaute in die Runde und schüttelte verlegen den Kopf. Die Leute begannen wieder zu murmeln.
Er beugte sich über den Tisch.
»Die Zeit im Auerhaus«, sagte er leise, »die Zeit im Auer-

haus, das ist seine schönste Zeit gewesen. Das hat er in das Buch geschrieben.«

Es war seltsam, dass er auch »Auerhaus« sagte. Es war ja sein Haus.

»Der Frieder hat auch von dem Christbaum geschrieben, den er umgehackt hat, am Heiligabend. Er hat geschrieben …«, jetzt versuchte Frieders Vater vom Dialekt ins Hochdeutsche zu wechseln: »Da war ich ganz da. Alles war gut.«

Frieders Vater blieb stehen, vorgebeugt.

Er schaute jeden an, Harry, Vera, mich.

Er biss sich auf die Lippen.

»Der Herr wird ihn strafen. Aber so war's.«

Bogatzki kam an den Tisch: »Ich kann euch sagen, wo die mit den braunen Haaren ist. Pauline?«

Wir nickten. Bogatzki setzte sich. Er seufzte.

»Zehn Jahre. Brandstiftung mit Todesfolge.«

Ich dachte: Knastklapse. Klapsenknast.

Die Wirtin knallte noch ein Tablett mit Gläsern auf den Tisch. Vera zupfte unterm Tisch an meiner Hand. Sie stand auf und ging raus, ich ging hinterher. Hinter uns Harry.

Vera blieb am Feuerwehrhaus stehen. Zehn Meter über uns, auf dem Turm, stand der Sirenenpilz. Zwei Mal im Jahr wurde die Sirene getestet, Probealarm, mittwochs um zehn. Dauerton, Heulton, Dauerton. Der Alarm galt dem Russen, der irgendwann kommen würde, aber keiner wusste, wann.

Wenn ich der Russe gewesen wäre, ich wäre mittwochs um zehn gekommen, dann hätte mich jeder für eine Übung gehalten.

Harry sagte: »Was ist?«

Vera schaute uns an, als ob wir selbst draufkommen könnten.

Ich sagte: »Jetzt aber.«

Vera sagte: »Wo ist eigentlich …« – noch eine Pause – »… die Axt?«

Die Haustür war nicht abgeschlossen. Seit der Hausdurchsuchung fehlte sogar der Riegel.

Was sollten wir machen mit der Axt, falls wir sie fanden? Sollte ich sie mit nach Berlin nehmen? Sollten wir sie Frieder noch schnell ins Grab legen? Wenn sie auf dem Deckel lag, nützte die Axt nichts, man brauchte sie innen drin im Sarg, um den Scheißsarg zu zerdreschen.

Harry sagte: »Ich geh nicht rein.«

Vera und ich, wir suchten im Stall, auf dem Heuboden, im Keller. Im Lehmloch lagen zwei angefaulte Unken.

Wir stiegen nach oben. Mir war nie aufgefallen, wie ausgetreten die Treppe eigentlich war. Die Mulden im Holz, glattpoliert wie Bachkiesel.

Wir suchten in allen Schränken, unter den Dachschrägen, hinter der Badewanne, überall. Zum Schluss wollten wir sogar in dem Raum ohne Fenster suchen, im Darkroom. Ich drehte am Licht, nichts passierte.

Ich sagte: »Seltsames Zimmer.«

Vera: »Das war das Kinderzimmer. Bevor sie den neuen Hof gebaut haben.«

Ich sagte: »Du verarschst mich, oder?«

Aber ich wusste, dass sie mich nicht verarschte.

Wir zogen ohne die Axt wieder ab.

*

Ich war gerade zur Tür rein und hatte den Rucksack abgesetzt neben dem Bett, da klingelte es. Ein Postbote, am Abend. Die Wohnung lag im zweiten Hinterhaus, vierter Stock. Ich wunderte mich, dass er mich überhaupt gefunden hatte. Vielleicht war er mir einfach hinterhergegangen.

Er streckte mir ein winziges Päckchen entgegen. Die Vorderseite war voller Briefmarken und Aufkleber, »Air Mail«, »Priority«, ein roter Streifen, auf dem »Exprès« stand, ein grüner Zettel vom Zoll. Dazwischen, ganz klein geschrieben, meine Adresse.

Im Karton war eine Kassette.

Ich zog die Dose Bier auf, die ich am U-Bahnhof gekauft hatte. Schaumbläschen stiegen aus der Öffnung. Ich leckte sie ab und schnitt mir dabei in die Zunge. Ich legte die Kassette in den Recorder.

Geigenmusik. Der Sound war ziemlich schlecht. Es hallte, als hätte Cäcilia in ihrem Bad gespielt.

Das Musikstück war ziemlich traurig. Ich kannte es nicht.

Eine ganze Weile dachte ich noch, ich könne mich in Gedanken mit Frieder unterhalten.

Ich fragte: »Und?«

Manchmal sagte er: »Wird schon.«

Manchmal sagte er: »Das geht nicht gut aus.«

Aber irgendwann merkte ich, dass ich in Wirklichkeit bloß mit meiner Vorstellung von Frieder sprach, mit meiner Erinnerung an ihn.

Also, quasi mit mir selber.

Da ließ ich es bleiben.

Jedenfalls für ein paar Tage.

Dann begann ich wieder mit ihm zu sprechen.

John Fante
1933 war ein schlimmes Jahr
Roman
Aus dem Amerikanischen von
Alex Capus
144 Seiten
ISBN 978-3-351-05031-3
Auch als E-Book erhältlich

»Fante war mein Gott.«

Charles Bukowski

Ein Kultautor und sein vergessener Roman werden wiederentdeckt.
Erstmals kann die Geschichte des Dominic Molise in angemessener
Übersetzung gelesen werden, durch Alex Capus in den richtigen
Sound gebracht. Es ist die Geschichte eines persönlichen und eines
Klassenkampfes in der Zeit der großen Wirtschaftskrise: Ein
bewegender und komischer Roman über die Jugend und ihre
Auflösung im Erwachsenenleben.

»John Fantes Romane gehören zum Besten, was die amerikanische
Literatur je hervorgebracht hat.« Charles Bukowski

»John Fante ist einer der ganz großen West-Coast-Autoren –
italienische Leidenschaft gepaart mit californischer Coolness.« Alex
Capus

**Regelmäßige Informationen erhalten Sie über unseren Newsletter. Jetzt
anmelden unter: www.aufbau-verlag.de/newsletter**

Bov Bjerg
Die Modernisierung meiner Mutter
Geschichten
160 Seiten. Gebunden mit ausklappbarem Vorsatz
ISBN 978-3-351-05033-7
Auch als E-Book erhältlich

Das Best of Bov

Gerade als seine Mutter den Führerschein macht, lässt der Gemeinderat eine Fußgängerampel aufstellen, mit fatalen Folgen für Mensch und Tier. Und ausgerechnet während des Urlaubs mit seiner Freundin in einem amerikanischen Nationalpark zieht ein heftiger Sturm auf. Und mitten im Zug auf halber Strecke zum Satireabend nach Frankfurt stürzen die Zwillingstürme ein. Egal ob Mütter oder Söhne, Lokaljournalisten oder Bankdirektoren, Münzsammler oder Apotheker - die Figuren in Bov Bjergs Geschichten haben eins gemeinsam: Für ihren Lebensweg gibt es keinen Verkehrsfunk. Schwäbische Alb, Berlin, Amerika. Das sind ihre Koordinaten. Aber was unterwegs passiert, damit müssen sie irgendwie allein fertig werden.